◎インパクト選書―3

私は前科者である

橘 外男［著］

野崎六助［解説］

インパクト出版会

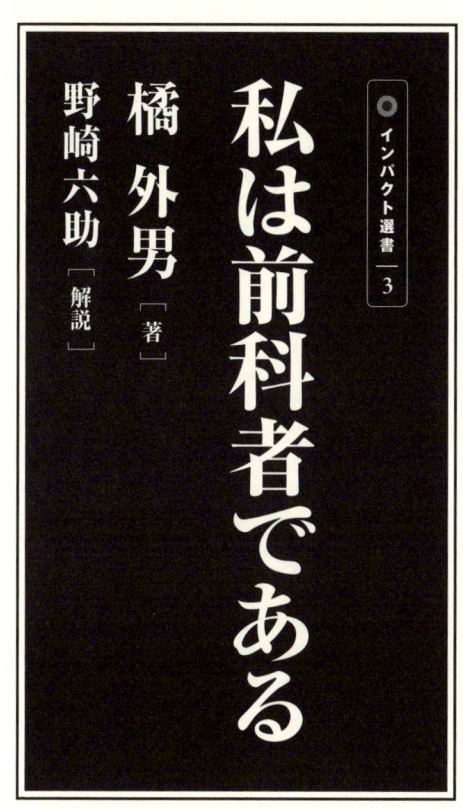

凡例

一、本書の底本は、一九五五年一一月三〇日に新潮社より刊行された『私は前科者である』である。適宜、初出雑誌を参照した。
二、本文中の漢字は新字体に改めた。ただし、固有名詞に関してはその限りではない。明らかな誤植は訂正した。促音の「つ」は大書きから小書きに直した。書名については、本文にない『 』を補った。
三、原文（底本）に付されている振りがな（ルビ）は、不必要と思われるものは外した。編集部で新たに入れたルビには※印を付けた。
四、作品には、差別的言辞や言い回しがあるが、作者が故人であり、また作品が執筆された時代的限界の反映でもあるため、そのまま掲載した。

私は前科者である

まえがき

世の中には、法律に縛られて身動きの付かぬ人々と、法律を操縦して――操縦という言葉は可笑《おかし》いが、悪用して護身用の盾として、多勢の人々によって享有せらるべき富を一人占めして、贅沢三昧を尽してまだ足りずに、飽くなく人を苦しめている、少数の人間とがある。

法律にこそ触れね、そんな人間共こそ、現在刑務所にブチ込まれている前科何十犯の、単純な兇盗達よりも、どの位人間として奸佞《かんねい》邪智だか、わからないと思うのであるが、そうした法律のガンジ絡めに逢って、身動きも出来ぬ人々……殊に、犯した罪の故に苦しんでいる人々の身の上は、限りなく私の心を打つ。

そういう人々に、一言呼びかけたい気がする。前科者諸君！　私は、ある事情によって諸君に深く心の通うものを、感じている。今は生きるにまことにけわしい、世の中です。

そして前科者には、至る処に社会上の障害がある。

自分の小さな経験から生み出して、私は諸君に、生きる二つの突《つ》っ支棒《かい》を差上げたい。正しく生きよ！　とか、強くあれ！　とか、そんな牧師や坊主共のいうような、空疎な魂の籠らぬ忠告ではない。それは生きられぬと思ったら、構わぬから何度でも、生れ換った気になって人生を、新規蒔《ま》き直しにおやりなさい！　と、いうことである。それともう一つは、聖書に千古不磨《ふま》の名言がある。

詮方尽《せんかた》くれども、われら望みを失わず……昔聖書を読んだ時、何んて下《くだ》らぬ言葉だろうと、私は思ったが、人生の山路《やまじ》のけわしさに、いく度《たび》か絶望の歎を放った後、さて過ぎてきた道を振り返って見ると、さすがは大使徒と呼ばれるパウロの言葉だけあって、この名言には一点一画の、間違いもないことを知った。どんなに詮方尽きた時でも、悪いことをせずに生きようと思えば、必ず生きられることを、私は体験した。自棄《やけ》になって弱い心を出して、悪いことをしては決してなりませぬ。如何に詮方尽くるとも、正しく生きようという決心を、必ず棄ててはなりませぬ。その時は詮方尽くるとも、必ず必ず生きられる。

この二つの突っ支棒を差上げるために、これから私は、自分を組上に載せる。この物語は、何も諸君にばかり読んで貰おうと思って書くわけではないが、先ず始めにこれだけのことを申上げて置く。

一

悪びれずに第一章から、ハッキリと書くとい、のだが、昔の血みどろな痛手には、私もあまり触れたくない気がする。だから、大体の処で御推量下さって、私は昔不良で不良で仕方のない奴だったと……オヤジが小遣いをくれないもんだから、下級生をオドして小遣銭を捲き上げて見たり——といってもその時分のことだから、荒稼ぎなぞの出来よう筈もない。出刃《でば》なぞを懐中《ふところ》にしてオドして、精々一回が一円五十銭か二円、三円もセシメルト自分でもほとほと冥加《みょうが》の程を恐ろしがったものであるが、ニキビを出来《でか》して学校を怠け休みして、中学は二度も三度も退校させられるやら。その挙句《あげく》家を追い出されて、二十歳の秋に到頭飛んでもないことをし出来した、※所謂《いわゆる》前科者という烙印《やきいん》を、押された身の上だったという位のことに、して置いて戴きたい。

私のオヤジは、昔気質《かたぎ》の厳格な陸軍の大佐、私を持て余して放逐した先きは、北海道の札幌にいる、叔父の許であった。この叔父も勿論私なぞを、構い付けるものではない。その頃、北海道鉄道管理局長をしていた。私が飛んでもないことをし出来したのは、その札幌市であったから、ブチ込まれた先きも勿論、札幌の刑務所であったと、お思い願いたい。

その時分、刑務所という名前はない。監獄、と呼んでいた。その札幌監獄で、一年ばかり服役して、東京へ出て来たのは、二十二歳の春……この辺の処はまことに書き憎いので、大ザッパに飛ばしてしまうことにするが、ただでさえ持て余しものが、大変な肩書を背負って出て来たのだから、もう親でも親類でも、洟《はな》も引っかけてはくれぬ。

広い東京に、誰れ一人知った人もなく――人は知っていても、頼っていった処で門前払いを食わされるのだから、仕方がない――私はどうして生きて行こうかと、一人で苦労して三日ばかり水ばかり飲んで懊悩《おうのう》したり、僅かな持ち物を屑屋へ売って、露命を繋いだり……それでもどうやらやっとのことで、働き口を一つ見つけることが出来た。

働き口なぞというと、まことにノンビリと聞こえるが、そんな悠長なものではない。饑死《※うえじに》するかしないかの、矢境《やさかい》であったからやっと明日の米にあり付けたという方が、適当だったかも知れぬ。どうせ私のような、学歴のない人間が、碌な処へ勤められよう筈もない。況《※いわ》んや刑余の身とあっては、相手は怖気《おぞけ》を振うであろうし、その上困ったことに私には、誰れ一人保証人になってくれるものがない。保証人どころか！　あいつなんぞ、早く死んでくれればいゝと祈っている連中ばかりであったから、あっちをごまかしこっちを繕《つゞく》り合わせてウソ八百並べ立てて、やっとのことでモグリ込んだのは瑞西《スイス》人社長の経営している、内幸町の可なり大きな外国商館であった。

社長も重役もみんな外国人だから、こゝなら何んとかゴマカセルだろうと、見当を付けたのがうまく当って、前科者の一番困る戸籍謄本身分証明書も要らないという。

前科者の一番困るのは、身分証明書であった。どこへ勤めるにも、然るべき処では必ず、身分証明書というものが要る。禁錮以上ノ刑ニ処セラレタルコトナシ、右証明ス、ドコソコノ市町村長、何ノ某《なにがし》ペタリと印を捺すのに、前科者の場合は、懲役刑ニ処セラレタルコトアリ、右証明スと来るのだから、こんな証明書を持って歩くバカがどこの世界にあるかというのである。

そうした書類の要らないということが、先ず何よりの幸いであった。和英辞書を引き引き、英文の履歴書を拵え上げる。日本語の履歴で、ウソを書くのは気が咎《とが》めるが、英文で書くのは少々、気がラクであった。中学半途退学では、どこでも使ってくれぬから、どこそこの私立大学、商科中途退学とゴマカシタ。厄介なのは、貴社ニ御採用後、若シ本人損害相掛ケ候節ハ、拙者共ニ於テ弁済相引受ケ、決シテ御迷惑相掛ケ申ス間敷ク候也という、連帯保証人の要る日本文の、入社誓約書であった。

仕方がないから代書屋に頼んで、い、加減な名前を書いて貰って、三文判を捺した。私は監獄へブチ込まれた時、出獄してももう日本人は、相手にしてくれぬだろうから、出たらどこか外国へいって、一生涯暮すつもりでいた。それが私の、出獄後の唯一の処世方針であったが、その目的のために監獄に頼んで、ナショナルリーダーの五と英和辞書を買って貰って、意味がわかってもわからなくても、夢中で辞書と首っ引きして、全部丸暗記してしまった。

その丸暗記が役に立って、向うでは監獄勉強とは知らぬから、

「お前は本は読めるようだが、大学の商科《コマーシャル・カレッジ》を出たにしては、恐ろしく会話の出来ぬ男だ！　もっと会話を、勉強しろ！」

　と、やっとのことで、働くことを許された。今でこそシャア〳〵と、こんなことも書いていられるが、その時は食うか食えぬかの関頭《かんとう》に立った私の死物狂いのゴマカシであった。が如何に苦し紛れとはいえ、履歴をゴマカシテ架空の保証人を、二人も拵え上げて会社を偽った点は、絶えず私の心を、チクチクと訶《さいな》む。

　ゴマカサなかったら、饑死するから仕方がないと、いくら自分を慰めて見ても何んともいえぬ不安が、絶えずつき纏う。私には法律のことはわからぬが、若しこれがバレたらきっと学歴詐称とか、私文書偽造とかいう恐ろしい罪名が、加わるに違いないと思うと、じっと落ち付いてもいられぬ気持がする。

　若し警察が知ったら、食うためにこんなことをしたとは見てくれず、いくらそうでありませんと私が弁解しても、きっとこのモーリエル商会へモグリ込んで、よからぬことをするために斯《※こ》ういう魂胆を、凝らしたのだろうと痛くもない肚《はら》を探られると思うと、考えただけでも心が寒くなる。束の間も忘れぬ、苦痛の種であった。

　が、何んと苦しんで見ても、そうする以外に方法がなかったのだから、仕方がない。そこで、絶えず自分の心に私が誓っていたのは、いつ何ん時バレても、決して私に悪意がなかったということが、わかるようにせめては仕事だけは、一生懸命に会社の儲かるようにと、身体を粉《こ》にしよう、そして会社のものは塵っ葉一つ無駄にせず、若しバレても会社で惜しがって、私を警察へ突き出せぬよう、一日も早く会社で一番役に立つ人間に、なろうということであった。

そして一方では、爪に火を点《とも》して金を貯めて、一日も早く外国へ飛び出す工夫をするか、さもなければこの会社で出世して幹部になったら真っ先きに、このウソの誓約書と履歴書を書類綴りから抜き取って、破っちまおうと決心していたのであった。それだから私は毎月毎月、薄氷を踏むような気持で、詐欺見たいな月給を貰っていた。

その詐欺の月給が、度重なれば重なる程、申訳ないから一日たりとも無駄にせず会社の儲かるような取引きを殖《ふや》そうと、死者狂いで働いた……と書いてこゝ迄来て、私は今その時のことを、考える。たとえどんな事情があろうとも、そうしなければ饑死しようとも、私の執った行爲は確かに、悪事であった。ふてぐ〱しい行いであった。それをまことに、恥ずかしく思う。

が、その罪を償うために、出来るだけ会社のためを斗《はか》ろうと考えたことだけは、たとえそのことが私自身の護身術であろうとも、決して悪い考えではなかったと、思っている。即ち私には、ふてぐ〱しい悪を企《たく》らむ料簡《りょうけん》と共に、まだ幾らかの純情が心の片隅に、残っていたからであろう。

今それを……私のその当時の気持を、今日の新聞紙上を血腥《ちなま》ぐさく彩《いろ》どっている、十代《ティーン・エージャース》の殺人者達いずれもの上にも、感ぜざるを得ないのであるが、これ等の連中が僅か五千円六千円の金欲しさに、遠慮会釈もなく人をブチ殺したり、些細な怨みのために縁故者を惨殺したりすることは、まことに残忍極りない所業ながら、その反面ふだんは病母に孝行であったり、哀れな友達を助けてやったり、残忍な所業に似ぬ優しさを、多分に持っているということは、決してふてぐ〳〵しい悪のかたまりとのみは、一概に片付け得られぬ人間性の善を、明らかに物語っている。

一口にいったら、野獣と神の子の性情半々ずつの、持ち合わせだといったらい、かも知れぬ。そして同時にこのことは、最近の世の中を騒がせた小菅の、脱獄囚の菊地正という男の上にも、いえることのように思われる。この人間が死刑を求刑されている、強盗強姦殺人の重罪犯でありながら、世人の恐怖に似もやらず脱獄後、何んの悪をも働かず寧ろ捕物陣の方で拍子抜けする位神妙に縛《ばく》に付いたということや、昔家庭に在った時は盲目の母に孝行で、三里の道を自転車に乗せて、毎日医者通いさせたということ、妹を可愛がって家業の畑仕事に、精を出していたということなぞが、この男も冷酷血も涙もない極悪人とのみは、決して片付け得られぬ人間だということを、明白に証拠だてているように思われる。即ち、環境さえよかったならば、或いはこの男も死刑に値いする罪なぞは犯さなかったかもしれぬという気が、してならないからである。

強盗強姦殺人と並べ立てて来ると、私も人並に、おっかない奴だとは思うが、しかも尚野獣の肉体に包まれた、人間性の心の半面では今頃この死刑囚が、何を考え何を感じているかと思うと、何かそこに身近かに心の通うものを、覚えずにはいられない。

勿論私は、世にも厳格な父母を持ち、正しい兄姉の中に育ちながら、自分一人が突然変異のように、大バカをし出来したことを衷心から恥じている。同時に世の中の、すべての犯罪者というものは、私をも含めて自分の蒔いた種故に、犯罪の後始末に苦しむのは当然であって、第一犯罪というものが、社会の跛行《はこう》や社会悪の結果であるとは、露程も考えてはいない。どんなに苦しい境遇にあればとて、悪いことをせぬ人は絶対に、せぬからである。

にもかゝわらず尚且つ、世の中の人が眉を顰《ひそ》めたり怖気を振っている、無鉄砲な十代《ティーン・エージャース》の犯罪者達や、菊地正のような強盗殺人囚にも、一概に憎み切れぬ親近感を感じているということは、私の頭もよっぽど彼等のように、道義心や良心の麻痺した処があるのか、さもなければ、前科者の惨めさ情けなさを、あまりにも味わい過ぎたために、私には彼等と自分との見境《みさかい》が、付かなくなっているのではないか？ なぞと考えて、私はひそかに自分を、持て余しているのである。

系統だった素養がないから、私にはもうこれ以上、読者に納得出来るような、こまかな心理の表現なぞは出来ぬ。

二

怖《おっか》ない男達だが、何か身近かに心の通うものを、感ぜずにもいられないと、十代《ティーン・エージャース》の犯罪者や小菅の脱獄囚のことを書いた途端に、不図頭に泛《うか》んだ、昔の思い出がある。どうしてそんな恐ろしい連中に、親近感を覚えるのか？　という証拠のために、序《ついで》にそれを書いて置くことにしよう。

その札幌の監獄にはいっていた時分であった。私の働かされていた鯡網《にしんあみ》の作業場で、私のスグ隣りに坐っていたのは六〇二号といって、針のような毛が顔一面に生えて、ギロリとした眼の上に生ま生ましい刀痕のある、三十五六の見るからに恐ろしい大男であった。

看守達の噂によれば、この男は初犯の癖に強盗傷害八年という、恐ろしい刑を宣告されて来てる漁師だそうであった。監房は私のような男は独居拘禁といって、たった一人の房に置かれて、昼間はいくつかある大きな工場の一つへ、引《ひ》っ曳《ぱ》り出されて働かされていたが、何故選《え》りにも選って斯《※こ》ういう恐ろしい男の隣りで、作業させられたかはわからない。

或る日のこと、私は作業をしながら物思いに沈んで、胸が閊《つか》えてどうしても昼飯が、喉を通らなかったことがあった。監獄では自分に与えられた食事が喰べられぬ時は、そのまゝ看守に差し出さないと厳罰に処せられる。

それはもう百も知っていたが、隣りに坐っている六〇二号が大男で、いつも腹が減って昼飯を食っても、まだ空腹《ひだる》がってることを知っていたから可哀そうになって、看守の隙を窺ってこの男の食器へ、私の飯とお菜《かず》をブチ撒けてやったことがある。あ、済まねえ、済まねえ！　と六〇二号はびっくりして、眼を白黒させせながら大急ぎで鵜呑みにしてしまった。

それから何日か、何十日かたった或る日であった。その日も私は物思いに沈んで、ぼんやりと到頭一日の作業量の、半分も三分の一も仕上げることが出来なかった。

作業量のことを監獄では課程という。監獄の課程というものは……今の言葉でいえば、さしずめノルマであるが、怠けることの出来ぬよう旨い工合に定めてある。脇目もふらずに精出しても、私のような初犯者にはやっとその七分目か八分目位しか、仕上げられぬものであった。

それを終日物思いに沈んで、ぼんやりしていたら恐らく課程の四分も半分も、仕上げることは出来なかったであろう。日の暮れ方作業終りの汽笛が炊場《すいじょう》から鳴り渡ると、事業手が看守に付き添われながら、最前列から始めてその日の各囚人の仕上量を、毎日必ず調べにやって来る。私のように破格に尠《すくな》い分量の者は作業怠慢という廉《かど》で厳罰に付されることは、わかり切っていることであった。失敗《しま》った、これはいけん？　と気が付いた時はもう遅い。調べはつい二三列前迄来ている。抄《す》いた網を前に差し出して、私は厳罰覚悟で正座していた。調べは刻々に、近づいて来る。六〇二号は勿論私が、終日物思いに沈んでいたことも、私の仕上量が群を抜いて尠いことも、知っている。さっと猿臂《えんぴ》をのばすと、自分の抄いた網の束を私の前へ、そして私の網の束を自分の前へ引っ攫《たく》り取ってしまった。あっ！　とびっくりしたが、もうどうにもならぬ。

「六百九十五号！　十二尺八寸七分！」

と助手が読み挙げるのを事業手が帳面に記《つ》けている。いつも八尺か九尺位しか抄けぬ不器用な私

の作業としては、その日は破天荒の好成績であるが、

「六〇二号！　三尺九寸一分！」

と助手が読み挙げた時には、聞き違いではないかというように怪訝な顔をして、事業手は眼鏡越しに六〇二号の顔を瞶《みつ》めている。何百人もいるこの網抄き工場中での最優秀の網作り、漁師上りの男が今日はズバ抜けた最劣等、極悪の成績だからである。途端に朱を注いだような顔をして、看守がつか〳〵とやって来た。

肥った典獄は踏ん反り返っていつでも自分のことを、当職と呼んでいる。その真似をして看守達も、自分達のことを本職といっている。まさか、当職と呼んでる奴もないが、月給十五六円位の赭《あか》っ面《つら》をした看守達が、テレくさそうに「本職がア！」なぞといってるのを聞くたんびに、私は何んともいえぬ滑稽さを感ぜずにはいられなかったが、今その本職が眼を瞋《いか》らせてやって来ると同時に、ドタ靴の足を挙げてドスン！　と、六〇二号の胸を蹴上げた。

酷い音を立てて六〇二号が、仰《の》けざまに倒れる。

「貴様は朝から何をしてやがったんだ、怠けやがって、本職をバカにする気か！　本職の眼はダテに付いとらんぞう！」

監獄は一にも二にも能率工場ではないのだから、事情如何によっては、大目に見たらよさそうなものを、躍りかゝってビンタが飛んで行く。

「ようし、畜生、覚悟してろ、貴様は懲罰だぞう！　報告してやるからそう思え、減食だア！」

当然私の受くべき制裁を、六〇二号が代って受けてくれたのである。喰べたくないからやったに過ぎぬ残飯の礼に、気の毒でどうにも私は、い堪らぬ気持であった。看守に名乗り出て、当然私の受くべきその減食刑と、序でにブン殴られるのも仕方がないと観念して、立ち上ろうとしたら六〇二号が凄い眼をして、ギロリと睨んだ。

「妙な真似なんぞしやがるてえと、承知しねえぞ！」

その眼に震え上ったから、到頭名乗り出はしなかったが、その時六〇二号が無念極りない形相で、看守の後姿を睨んでいた眼光《まなざし》だけは、今でも忘れることが出来ぬ。その翌日からどこかへ連れて行かれて、二日間なり三日間なり減食刑を、執行されていたのであろう、そして働く工場も変えられたと見えて、それっ切り出獄する迄私はこの男に、逢う機会を持たなかったのであるが、後に聞けば工場を変えられてメリヤス工場とかで働らいている時に、何かのことで看守に殴打されて、嚇《か》っとしてその看守を捩じ伏せて、持っていた作業鋏で滅茶滅茶に、突いて突いて突き殺してしまったということであった。

殺された看守というのが網工場の看守だったのか、どういう事情でそう迄、激怒したかという理由なぞは、勿論私のような囚人の耳へ入ろう筈もないことであったが、あの時看守の後姿を睨んでいた凄い眼付きから考えれば、確かにこの男は兇暴性の持ち主であったろうと、考えられた。

しかもその兇暴性の持ち主は、たゞ一飯《いっぱん》を与えたに過ぎぬ私の心を恩に被《き》て、たゞさえ尠ない監獄の食事のその亦四分の一、三分の一の減食という囚人にとって最大の苦しみを覚悟の上で、私を助けてくれたのであった。

「妙な真似なんぞしやがるてえと、承知しねえぞ！」

言葉は粗暴であり、強《こわ》もてであり、おっかない眼をして恐喝みたいな好意であったが、しかもこの言葉の裏には私に対する、純一無雑の親切が籠っているのであった。

八年の強盗傷害囚が、看守を殺したのでは在監のまゝ、法廷へ曳《ひ》き出されて、恐らく死刑を加刑されて、もはやこの世にはいないであろうが、この六〇二号の親切を思い出すごとに、私がいつも考えるのは六〇二号は確かに、救われる人間であると……心の優しい人間であったと。

強盗傷害も看守殺しも、人間としては最悪の救われぬ行為ではあるが、若し看守さえこの男に苛酷な真似をしなかったならば、恐らく六〇二号も看守に躍りかゝりはしなかったであろうし、亦環境さえよかったならば、強盗傷害の罪も犯しはしなかったであろうと、思われてならなかったからである。

その証拠には……という処で一寸、無表情な顔の下に潜《ひそ》んでいる、囚人の沈黙の生活に触れなければなるまいが、あの厳重を極めた監獄の中で、表情というものをまったく失い切った何千人という囚人が、黙々として無言の行を営んで、生ける木乃伊《ミイラ》のような生活をしている監獄の中で、どこからどういう経路を取ってくるかはわからぬが、時々不思議極まる消息《おとずれ》が伝わって来る。

朝か正午《ひる》裏庭で、三十分の運動が許される時、下駄を穿《は》く間のゴタ〱した瞬間や、列を正して並ぶ看守の眼の届かぬ瞬間を選んで、眼は看守の一挙一動を追いながら、突然隣りの見知らぬ囚人から、圧し潰したような囁きが聞こえて来る。

「おい、六九五号さん！　あんたに六〇二号が、宜敷くといってたぜ。叱《し》っ、馬がこっちを向いてやがる！」

これは看守の、馬見たいに長い顔を、指しているのである。

「六九五号さんなんて、監獄へ、入《へえ》る柄じゃねえって！　身体を大切《でえじ》にして、出たらもう監獄へ、来ちゃいけねえって、六〇二号がいってたぜ！」

監獄へ入るのに、柄で来るテはないであろう。おまけに、強盗傷害の看守殺しの犯人から、二度と監獄へ来るなと意見されるのは、奇妙な話である。が、そこが無学な漁師の、六〇二号の、本来の性質が優しい処であって、私は二度か三度、こんな奇妙な託《ことづ》けを、見も知らぬ囚人から聞かされたことがある。

もうその頃は確かに死刑の宣告を受けていたであろう絞首台へ臨む人間の、これが伝言であったろうか？　そして、もう一度、いわせて戴こう。確かに死刑になって、今はもうこの世にいないであろうこの恐ろしい、強盗殺人囚を思い出すごとに今でも私は、六〇二号さん、あなたは優しい神の子のような半面を持ちながら、なぜ、強盗傷害や看守殺しを、したのですか？　と時に慟哭したい程淋しさに襲われることがある。

以上、妙な処へ筆がすっ飛んで、私は六〇二号のことを、あまりにも書き過ぎた観があるが、この辺で筆を止めてこの章の括《くゝ》りを付けて置こう。だから履歴をゴマカシテ保証人を捏造《ねつぞう》して、モーリエル商会へモグリ込んだということは、そうしなければ饑死《うえじに》しそうだったからである。誰れも私を饑死から救ってくれるものがなく、親も兄弟も親類も恥じっ晒しの私が、死んでくれればいゝと祈っていたが、私だけは死にたくなかったからである。

それだから……それだから、前科者を拒む社会の隙間から、※頬冠《ほっかぶ》りを除《と》って髭を剃って、背広に中折れをかぶって、そうっと入り込んだわけである。亡った親を決して逆恨みするわけではないが、もう一度繰り返すと当時私の父は、陸軍大佐であった。

今の大佐は後楽園で、アイスキャンデーを売っているが昔の大佐はなかなかの社会的地位であった。兄は陸軍中尉であった。弟は士官学校を出て、見習士官になり立ての、ホヤ〱であった。姉の夫は憲兵大尉であった。妹は憲兵中尉へ、縁《かた》づいていた。伯父は、陸軍の少将であった。もう一人の叔父は、北海道の鉄道管理局長であった。

後年私が小説を書いて、私を前科者と知らぬ世間が、間違えて先生と呼んだら、父は手紙をよこして出入りを許すから、親の処へ帰って来いといってくれた。

親と一緒になって、私に洟も引っかけなかった兄姉達は、昔は親へ取り做《な》そうともしてくれなかった癖に、東京へ出て来ると懐かしそうに私の処へ遊びに来る。十年も昔から、往き来していたような顔をして。そして終戦後軍人株が下落して、二進《にっち》も三進《さっち》も動きが付かなくなってその兄弟の一人が、五万円だか十万円だか貸してくれといって来た時には、決して人の不幸を喜ぶわけではないが、もう私はうれしくてうれしくて、腹を抱えて笑ってまだ足りずに、畳を転がり廻って涙をコボして喜んだ。

金を貸してやったかやらなかったか？　そんなことはどうでもよろしい。

「士官学校を出て、陸軍大学を出たあなたが、頼む頼むとそんなに私に、頭を下げられるのか？　コノ私に……コノ無頼《ぶらい》な私に？　昔オヤジと一緒になって、一家一門の恥じだから死んでしまえと祈っていられたあなたの頭を、そんなに下げることはないでしょう！　忘れてはいけません、私は哀れな前科者ですよ！」

人にはいえぬことだから私はひとりで自問自答して、その自問自答を肴《さかな》に、麦酒《ビール》の一万打《ダース》ばかりも飲み干《ほ》した位、いゝ気持になった。英国の諺に、血は水よりも濃しという言葉がある。が、日本はコセ〱した国だから、時に血は水よりも薄いことがあると、私は考えている。陸軍少将の伯父は、或る時私の写真が、間違って雑誌に載ったら、

「実に敬服の至り、昔から気骨ある、見処《みどころ》のある男子と思いおりき。果せるかな」

と、血よりも薄くて、井戸の水よりまだコクがなくて、水道の水のようにシャブ〳〵しているこの伯父は、お賞めの手紙をくれた。そして、私の写真の前の頁に大臣の写真が載っていたと見えて、賞めるに事を欠いて、

「大臣と共に写真を載せられ、真に慶賀に堪えず」

「この大バカ野郎！」

と私は、手紙を引っ破《さぶ》いてしまった。

管理局長をしていた叔父は、私の長男が病気で死んだら、頼みもしないのに莫大な香奠をくれた。その香奠の何十分の一かがなくて饑《かつ》え死にしそうなばっかりに、昔私は、悪いと知りつゝ身の上を詐称して、モーリエル商会へモグリ込んだのであった。

私が孤独と寂寥を感ずるのは、そこの処を指すのである。私が饑えて死にかゝって縋りつきたい時は、血は水よりもまだ薄くて、私を構い付けてくれぬ。どうにか斯うにか身が立って、さして血に縋ろうともせぬ時は、血は急に水よりもぐんと濃度を増して、温かくなって来るのであった。

だから、親や兄姉のことを忘れている頭の片隅で、自分が最も苦しんでいた時に優しい言葉をかけてくれた、漁師の死刑囚の顔を、時に思い泛べずにはいられないというのである。私だとて、ウカ〳〵してたら自分もいつ何ん時殺されるかわからぬ、怖《おっ》かない強盗の死刑囚や十代《ティーン・エージャース》の殺人犯や、小菅の脱獄囚やが、何んでそんなに懐かしかったり、恋しかったりするわけがあろうか？　し

かし自分も昔人から相手にされず心が寂寥を極めていたから、この連中も犯した罪故にさぞ淋しかろう？　と、身につまされて思いやらずにはいられぬというのである。

若しあの時、モーリエル商会へ入れなかったとしたら、食うには困っているし誰れからも相手にはされず、一体私はどういうことをし出来《でか》していただろうか？　と考えると、知らずに噴火口の上を綱渡りしてしまったような気がして、今でも竦然《ぞっ》と寒けを、催さずにはいられないのであった。

そしてその寒けを感ずるごとに、まだまだこれが学歴詐称や、保証人捏造位でよかった！　と、人には語れぬ心の裡《うち》で、ひそかに胸を撫で降ろさずにはいられないのである。

三

が、小説を書いたり胸撫で降ろしたのは、後年のことであって、私は今東京へ出て来て、饑死しかゝってる処を書いてるのだから、その続きへ戻らなければならぬ。

四苦八苦して入ったモーリエル商会は、極楽のような処であった。会社員といえば会社員だが、どうせ商館番頭なのだから、廉《※やす》い信用の出来る品物を製造者《メーカー》達に拵えさせて、海外の取引先へ売って利潤を挙げることが、一にも二にも三にもの仕事であった。みんな、コムミッションを弾き出すのに忙しいから、人の身許なぞに眼を向けてるような、閑人《ひまじん》なぞは一人もない。

それに商大出とか、東大出とか天下の秀才達は、三井三菱の大会社へ入って、個人商店に毛の生えたような、外国商館なぞへ来るものはないから、私の学力でもさして負け目《ひ》は、感ぜぬ。一寸目端が利いて派手なネクタイをして、大体の日本の商品市場を心得ていて、製造者を値切り倒して英語のカタコトが話せて、船の事務長《パーサー》と税関のお役人と外人のお客さえ逸《そ》らさなければ、それで仕事は十二分に勤まるものであった。

私は吻《ほ》っとして、こゝの処専らタイプライターの稽古に憂身《うきみ》を窶《やつ》していたが、並いる先輩諸君の語学力だって、私と大して変りはない。

「No, no, no……アノ……I can not の you better return it. Oh, sure, sure, but I can't help laughing ねえ」なんて、外人の道案内している横浜の、タクシーの運転手みたいなカタコトを、操《あやつ》ってる先輩クンが五六人も、いる。それでもコムミッションだけは、間違いなくセシメルから、七八十円の月給で、月の収入二三百円なんてのがザラにある。所謂《※いわゆる》、商館番頭という、特殊な一つの形態であろう。

入ってから半年ばかりもたったら、私の収入も月給は三十五円の癖に、歩合が入るから六十円位にはなったであろう。芝の日蔭町で買った、ブラ下りの古洋服を笑われて、背広外套《オーヴァ》と洋服屋の月賦に逐《※お》われるのは辛かったが、それ以外のすべては御《おん》の字尽くめであった。佐久間町裏に二階借りして、やっと大東京を構成している六百何十万分の一だか、七百万分の一だかになって、電車賃を倹約してテク〳〵と、歩いて通う。

同僚達は月給が尠《すく》ないとか、毛唐が取り過ぎてるとか、外の商館へ渡り歩く算段ばかりして、不平をいっていたが、私には並べる不平のフの字もない。つい半年ばかり前迄は、歩行中手を振ることも許されず、両手を股《も丶》に付けてフランケンシュタインの化物のような恰好をして歩いて、一つ間違えば鬼のような看守から横ッ面を張り飛ばされて、年中ペコ〳〵お辞儀ばかりしていなければならぬ、卑屈とも愍然《びんぜん》ともいおうようない哀れな生活に較べれば、すべてがまるで夢のような、有難さであった。

偶《たま》にはハイカラな喫茶室へいって、綺麗な女給の手から珈琲《コーヒイ》の一杯も、飲むことが出来る。横文字の書類を抱えて珈排を飲んでれば、履歴詐称だか商大出だか、わかりはしない。況《※いわ》んや、帰朝したばかりの大阪商船の社員か、前科者かに於ておや！

本来なれば飢(ママ)死するか、悪いことでもしていなければならぬ処を、幸いにも拾い上げられて斯《※こ》うして日々を、刑余者にも似げなく送っていられることを、衷心から有難いと感謝せずにはいられなかった。たゞ一つこの幸福を脅やかして来るものは、毎月一回ずつ刑事が、身の上調べにやって来ることであった。

宣告された一年半の刑期を、全部終っていたのなら、斯ういう人も来なかったであろうが、悔悛の情顕著なりとあって――私は別に、自分が悔悛したとも思ってはいなかったが、泣面《べそ》ばかり掻いていたから、監獄ではきっと、改心したと踏んだのであろう。

残刑八カ月ばかりを余して、仮出獄の恩典で釈放されている、身の上であった。実刑凡そ一年ばかりも、勤めたであろうか？　従ってそういう場合には、刑期満了日の来る迄は、要視察人として警察へ移牒されて、月に一回ずつ警察から勤務先きへ、身元調べに来るのであった。

勿論警察は、相手の立場を考えて、制服の警官をよこすわけではない。私服の刑事を向けるのであるが、私服であろうと燕尾服であろうと、結果は同じことであった。刑事特有の眼の鋭さや人相の悪さでスグにそれと、察しられる。

相変らず、佐久間町に住んでるのかね？　今収入は、幾ら位になるかね？　主にどんな仕事を、しているのかね？　もう芸妓《げいしゃ》と深間《ふかま》になろうという気は、起らんかね？　相変らず親とは往き来しないのかね？　ま、もうしばらく実行を見せなくては、親も安心出来んだろう。辛抱し給え、その内お父つぁんの気も、解けるだろう？　じゃ、ま、確《しっ》かりやり給え。住所が変ったら、知らせにゃいかんよ。

往来の物蔭へ呼び出して、大体こんな程度で帰って行くのだから、調べそのものはちっとも面倒ではなかったが、二十二歳の私の処へ、四十五六の人相の悪い人物が、さも用ありげに訪ねて来るということが、堪らなく私を不安に、陥《おとしい》れているのであった。知らぬ人が見るとまるで、浅草で曖《あい》昧《まい》屋でもやってる身性《みじょう》の悪い叔父が、甥の勤め先へなけなしの小遣でも、セビリ取りに来るような恰好であったが、おまけに来るたんびに鋭い眼を光らせて、ちらちらと会社の中を覗き込む。

一度、この鋭い来訪者と話し終って、机へ戻って来たらどこかで、見ていたのであろう。

「誰れだい？　今君と話してた、人相の悪い男は？」

突然、営業部長から声をかけられて、ギクッとしたことがある。

「わ……私の、……叔父なんです」

「なんだ、君の叔父さんか？　そんなら遠慮は要らんから、中へ入って貰ったらよかったのに！」

といった後で、

「君の叔父さんは、まるで刑事みたいな人相じゃないか？　ハハ、、、、」

と遠慮もなく大声を出した時には、冷たいものがタラ〱と、脇の下へ垂れ下って来た。同僚達は、どっ声を揃えて笑い出す。

こんな処の営業部長といった処で、大した人間ではない。商館番頭が甲羅を経て、たゞ英語が達者というだけが取柄で、外国人にはペコ〱して日本人には威張り散らす、品も教養もない卑屈極まる人物であったが、この部長のつもりでは退屈した昼過ぎの一時の笑いものに、私をするつもりだったのかも知れぬが、この時ばかりはまったく度を失って、顔から血の退《ひ》いていくのを感じた。

毎月々々こんな思いをさせられる位なら、なぜ監獄は、仮出獄の恩典なぞを人に与えたのであろう？　寧ろ刑期の満了日迄、止めて置いてくれる方が、どの位助かるかわからない。監獄では私に、恩恵を与えたつもりかも知れぬが、これではまるで人の生きる道を、奪うようなものではないか！

と幾度私は、憤《いきどお》ろしく感じたか知れぬ。

「逃げも隠れもしないのに、どうして勤め先きばかり、お出《い》でになるんですか？　夜家へ来て下さるのなら、毎日でも構いませんけれど」

と、ある時つくづく悲鳴を挙げたら、

「俺だって、来たくて来るんじゃないぜ、だから君の困らぬように、簡単に切り上げてるじゃないか」

と刑事も同情して、表ての喫茶室へいってしっかりやれと、アイスクリームなぞを、振舞ってくれたことがある。制度がそうなっているのだから、一刑事の力位では、どうすることも出来なかったのであろう。そうした怨めしい、憤ろしい不安な気持の八カ月……先ずはどうやら、人にも気取られずに過ぎて、今では会社へ入ってから丁度、一年と七カ月になる。

その時分私の一番の楽しみは、退けて家へ帰ってから、クレールさんという社長の秘書が貸してくれた、英文の小説を夜二時迄も三時迄も、飽《あ》くなく貪《むさぼ》り読むことであった。今迄私は、小説なぞというものにあまり興味を持ったことがない、粗暴な、ガサツな人間であった。

そのガサツな人間が、我が身を恥じて人交りが嫌いになって、なるべく人目に付かぬよう、出しゃ張ったことをして、人に憎まれたり嫉《そね》まれたりせぬようにと――私のような人間が出しゃ張って、人に憎まれたり嫉まれたりするということは、身の破滅を招く基であった。そして万事控え目に控え目にと心配りをするようになってからは、たゞ小説を読むことだけが、唯一無二の楽しみになっていたのであった。小説を読んでる間だけは、怯々《おど〱》している私の魂も何んの不安も感じない。人から心を擾《みだ》される心配もなければ、泥棒のように人の眼顔を窺《うかゞ》う必要もない。心を訶《さいな》む履歴の詐称もなければ、偽りの保証人の悩みもない。

　読んで返すと、小説の好きなクレールさんが、きまって感想を聞き質すには、会話の下手な私は大困りであるが、熟読しているのを知ると張り合いが出るのであろう。親切に家から持って来て、スグ亦貸してくれる。本の買えない私は、大喜びで借りては返し、返しては亦借り……慾をいえば、辞書《じびき》を引くこんなヤ、コシイ外国の小説でなくて、日本の小説だったらどんなに面白かろうと思わぬではないが、日本語を知らぬクレールさんが、どうして日本の小説なぞを、持っているわけがあろう。

　おまけにクレールさんは、たゞ小説が好きというだけだから、持ってる小説もムズカシイのがあるかと思えば、ラクなのがあり、てん〲バラ〱、手当り放題の乱読さであった。ダヌンチオの英訳で、『死の勝利《トライアムフ・オブ・デス》』という辞書ばかり引く、形容詞尽くめの小説を貸してくれるかと思えば、亜米利加の下女の読むような、ヴァン・ダインやダシール・ハメットの探偵小説類がある。三文雑誌《パルプ・マガジン》と一緒に、『アンクル・トムス小舎《ケビン》』や『黒馬物語《ブラック・ビューティ》』のように一晩に三十頁も飛ばせる大衆小説を貸してくれるかと思えば、私を落涙させた『罪と罰《クライム・アンド・パニシメント》』や、『復活』のような魂を剔《えぐ》る大小説もある。こともあろうに後年私が、小説家なぞになろうとは思わぬから、クレールさんも手許にあるものを滅茶々々に貸してくれれば、私も亦その日その日の鬱《う》さを散ずるだけのつもりだったから、貸してくれるものを片っ端《ぱし》から、読み耽《ふけ》る。

小説を書くということは、魔物にでも取っ憑かれたように業《ごう》の深い仕事で、職業として果して人を幸福にするものかどうかを知らぬが、しかし私の場合は若し小説を書かなかったとしたら、恐らく生涯魂の休まる仕事には就くことが出来なかったであろうし、況んや運命如何によっては、今頃は前科五犯か六犯の、掏摸《すり》か巾著《きんちゃく》切り強盗にでも転落して、鉄窓に呻吟していたかも知れぬ身の上であった。それを考えると、今日《こんにち》小説でその日を送っていられるということは、クレールさんその人の親切のお蔭と、いくら感謝しても、感謝し足りぬものを感じる。

若しクレールさんの親切がなかったならば、恐らく生涯私は、小説を読まぬガサツもので終ったであろうし、従って生れ換っても小説家なぞには、なり得なかったであろうからである。そしてそれと同時に考えられることは、今日小説を書くのに私には何んの纏った素養もなくて、それを常に情けないことだと思っているが、よく考えて見ればそれも私のような人間には、身の程知らぬ不必要な劣等感と、いうべきだったかも知れぬ。

私は他の小説家のように、順当なコースを踏んで、抱負や見識あって作家になった境遇ではない。巾著切り強盗が、間違って小説家になったような……人交りがイヤだから、家にいて物を書いているに過ぎぬ、身の上である。外国の小説なぞ知らずに一生終っても、不服ないものを、クレールさんのお蔭でたとえ『黒馬物語』でも『罪と罰』でも、覗くことが出来ただけそれだけまだ、仕合せということが出来たかも知れぬ。この上不足なぞ考えたら、罰が当るだろう。

私に親切にしてくれたこのクレールさんという人は、前にもいった通り社長の秘書……ただ秘書というよりも、瑞西《スイス》人社長の姪《めい》で、社長の秘書《ステノ》を勤めていた人といった方がい、かも知れぬ。みんながクレールさんクレールさんというから、私もクレールさんと呼んでいたが、ほんとうはMISS《ミス》・ジョーゼット・クレールという、チューリヒの人。私より三つか四つ年上の、その頃廿五六のスラリとした、美しいお嬢さんであった。勤倹力行型の、金持の社長一門にふさわしく、いつもスッキリとした清楚な服に、身を包んでいた。

この浮世の苦労を知らぬお嬢さんが、何故私のように陰鬱な顔をした、日蔭町のブク〳〵服なぞに親切にしてくれたかは、知らぬ。たゞ知っているのは、その頃私がこの人に抱いていた思慕は、決して恋なぞというそんな、悠長な身の上知らずなものではないということである。純然たる、感謝ばかりであった。第一、トンチンカンに食い違ってばかりいて、碌々意志も通ぜぬのに、恋があり得ますかというのである。

クレールさんの話が早くて飲み込めぬと、

「もう一度繰返して下さいませんか？」《プリーズ　レピーティット　ワンスモウア》

と、ワンスモウアなぞをクッ付けた和製英語で頼み込む。と、一語一語切って、ゆっくりといい直してくれる。年中わからなくて、年中「プリーズもう一度」を頼むもんだから、しまいにはスッカリ覚えてしまって、

「Oh《オウ》……」と碧《あお》い眼を綻《ほこ》ろばせながら、

「もう一度《プリーズ》、繰返して《レピーティット》下さいませんか《ワンスモウア》?」

と人真似をしてから一語一語ゆっくりと、いい直してくれたことを思い出す。美しいというよりも親切というよりも、たゞ優しい人という感じで、繊《ほっそ》りとした横顔を眺めていたのであった。

四

刑の満了日も、疾《とっ》くに過ぎ去って今では刑事の来る心配もなく、やっといくらか気持も、のんびりしていた頃の或る日のこと。タイプライターを叩きながら、ヒョッと顔を挙げた時であった。ハッとして、思わず私は、宙腰になった。机の前に佇んで、じっと私を眺めている人がある。

「おう……やっぱり君は……」

と、見覚えのあるその顔も、私を瞶《みつ》めて立ち竦《すく》んでいる。思いも寄らぬ処で、思いも寄らぬ人に、逢ったものであった。

仮出獄になる三月ばかり前、私は独居拘禁から雑居房へ移されて、六人ばかりの初犯囚と同居させられたことがある。一人は利尻島という、宗谷《そうや》の端《はず》れの離れ島から来た、女の取りやりで相手を傷つけたという、私と同年位かと思われる、女にもして見たいような美少年。

小樽で海産物の仲買商の番頭をして、店の金を拐帯して主人公の細君と逃げ出して、捕まったというこれも優しい顔をした、同じ年頃の美少年。二人を見た時に、北海道にはどうして斯《※こ》うも、綺麗な顔をした悧巧そうな少年が、多いのだろう、と私は驚いた。

札幌で娘を娼妓に売って、その娘を殺して自分も死のうとして、捕まったという五十年配のオヤジ、これは生活苦に打ちのめされたように、痩せて干乾《ひから》びて年中口の中で、ブツ〳〵独語《ひとりごと》ばかりいっていた。美唄《びばい》で菓子屋をして、地所の売買詐欺で訴えられた四十男。いずれも看守の眼を盗んで、ことに触れ折りに触れて、監房の徒然《つれづれ》に多種多様な身の上話を、聞かせてくれた。

犯罪当時はいずれも、世間を騒がせて悪名を唄われた人達なのであろうが、斯うして鼻突き合わせて暮して見ると、どこにそうした悪人らしい処が、あるのだろうか？　と不思議に思われるような、人達ばかりであった。最後の一人は稲田行則《いなだゆきのり》という、詐欺恐喝で五年を宣告されて来ている、中肉中丈《ぜい》の人。眼だけはびっくりしたように、飛び出しているが顔色が蒼白くて愛想がよくて、これも詐欺恐喝犯なぞとは、思いも寄らぬ人であった。

勿論、私なぞとは親子のように、年も違う四十三四。この房内で一番の古顔らしく、何号という番号はありながら、みんなが稲田さん稲田さんというから、私も稲田さんと呼んでいたが、今顔を合わせたのは、この人であった。その頃北海道では北海タイムスと、小樽新聞とが道内の二大新聞といわれていたが、稲田氏は元その小樽新聞の、記者だったという。

「ほう、君は橘君……君が、こゝにいようとは、知らなかった」

と懐かしそうに、眼を細めているから、

「妙な処で、お眼にかゝりますね」

と仕方なく私も、小声でお愛想をいった。

飛んだ処で飛んだ人に、出逢ってしまった！　と当惑した。が、もう、斯う面《めん》と、顔を合わせてしまったのでは、どうにもならぬ。

「どうして今日は、こゝへお見えになったんですか？」

「仕事のことで、一寸君の処の、高塚君に逢おうと思ってね」

高塚君というのが、君の叔父さんは、刑事見たいな人相をしてるネと笑った、いつかの営業部長であった。

「……そうだ、君にも上げとこう」

と懐《ふところ》中を探って名刺を取り出す。

「世田ケ谷の奥沢に住んでね、今斯ういうものを、やっているんだ。暇な時は、遊びに来給え」

名刺には、世田ケ谷区奥沢何丁目の何番地、日本憲政新聞社長、稲田某《なにがし》と刷ってある。まだそこに立って話しかけたそうにしていたが、

「ほう、稲田さんは、橘君を御存知だと見えますね」

とそこへ部長の高塚さんが、小肥《こぶと》りの身体を運んで来たから、私との話は途切れる。

「札幌にいた時分の知り合いでね……へえ……橘君がここにいようとは、思いがけなかった。じゃ、失敬！　又逢おう」

二人はその儘《※まま》、奥の部長の机を囲んで、話し込んでいる。気になるから、時々その方を眺めながら、タイプライターを叩いていたが、この人が帰る時、亦顔を合わせるのは困るから、用に託《かこつ》けて外へ出て、一廻《ひとめぐ》りして戻って来た時には、もう稲田氏の姿は見えなかった。吻《ほ》っとして、打ちかけのタイプにかゝっていたら、

「君は、札幌にいたことが、あるんだってね……稲田君が、そういってたよ」

と、いつの間にか部長が背後《うしろ》に来て、私の叩いている手紙を読んでいた。その人の前では稲田さん稲田さんと一目置きながら、その人がいなくなると、スグ君づけにして友達扱いをする、人物である。

「稲田君は、小樽新聞にいたんだそうだが君も新聞社にでも、いたのかね？」

「い、え……わたくしは、別段……」

「奇縁だと、いってたよ。どうして、知ってるのかね？」

「ハ……友達の処で……友達の処で……二度ばかり、お眼にか丶ったことがあるもんですから……」

「フウン……珍しい人に、珍しい処で逢ったもんだと、稲田君も驚いていたぜ」

部長はその儘いってしまったし、私は冷汗を拭って、それでその場は済んでしまったが、勿論仕事をしながらも、あの稲田という人が、何か私のことを話したのではなかろうか？　と、胸が憂鬱に閉《とざ》して来る。一日中その不安が、鉛のように重苦しく、心を締め付けていた。

が、私のことを話す時には、稲田氏自身も監獄にいたということを、前置きしなければならぬ。部長とどの程度に、懇意な間柄かは知らぬが自分の恥じを自分で吹聴する、バカな人間は世の中にあろう筈もないから、そんなことは喋《しゃ》べりもしなかろう？　と、私は自問自答して、鬱陶《うっとう》しく掩《かぶ》さって来る不安を打ち消した。

が、眠り不足の眼をして、※翌《あく》る日会社へいっても気になるから、部長の様子ばかり窺《うかが》った。呼び留めるかと思って、二度ばかり机の廻りをウロついて見たが、書類に眼を晒《さら》して、部長は私に気が付かぬ。どうせこんな人間は取るにも足らぬ、オッチョコチョイだと軽蔑して見ても、会社内の位置は現在大したもので、日本人社員に対する一切の采配を揮《ふる》っているし、その上はスグ外国人重役になるのだから、私に取ってはいわばこの下品な人物が、社長よりも恐ろしい直接の、主人に当るわけであった。

翌る日は前の日程ではないが、それでも時々思い出して、心が曇ったが、部長は相変らず、何ともいわぬ。三日目にやっと私は、心が軽くなった。やっぱりあの人は、何んにもいわなかったんだな！　と、胸を撫で降ろした途端、三日振りで始めて私には、あの稲田という人が、堪らなく懐かしく感ぜられて来たのであった。

法律に触れたればこそ、この人も監獄へ入ったが、相手の立場を思いやって、人間としてはやっぱり、親切な人だったんだなと思うと、北海道特有の吹雪の荒れ狂っている晩、薄暗い電灯の下で就床迄の三十分間、火の気もない監房で貧乏揺りをしながら、寒さと闘いつゝ、あの人と話していたことなぞを、思い出した。見廻りの看守の跫音《あしおと》に、絶えず耳を澄ませながら、声を潜めてボソ〳〵と私の夢にも知らぬ囚人の心理を、聞かせてくれたことなぞを、思い出した。

監獄内で、囚人の一番尊敬しているのは詐欺罪だヨ！　と、ほんとかウソか知らないが、詐欺恐喝で来ているその人は、教えてくれた。その次に威張ってるのは殺人罪、バカにされて冷評《からか》われてるのが強姦罪、憎まれて全囚人達からいじめられてるのが、貰い子殺し……黙々として、木乃伊《ミイラ》のような生活を送っている囚人達の心の中にも、そういう妙な正義観が流れているのかと、眼を円くして私は聞いていていたが、

「それだからア、今度入《ひや》って来る時はア、あんたも詐欺で来るんだあネ」

とその人の笑った節のついた東北弁迄が懐かしく思い出されて来るのであった。勿論、訪ねて行こうという気などは少しも起らぬが、こないだ来た時せめてもう少し、昔懐かしそうな様子でも見せて、近所の喫茶室へいって、お茶でも共にしてもよかったものをと、何か後悔めいた気持迄起って来る。

渡る世間に鬼はないような気がして、こともあろうに詐欺恐喝の前科者を懐かしく偲びながら、私は人の情に包まれてその晩は、三日振りで読んでる小説の中へ存分に魂を溶け込ませたことであったが、何んと大バカ極まる話で、その翌る朝出勤して仕事にかゝると間もなく、ポン〳〵と肩を叩くものがある。振り向いた瞬間、ヒャア！ と私は、顔から血が引いた。部長であった。もう話を聞かなくても、わかっている。応接間へついて行くと、かけろ！ と眼で指さす。

若いに似合わず、見上げた腕前だと賞めたいが……どうせやるなら、尻尾の割れんようにやったらどうだ？ 愛宕署の刑事が、叔父さんだったり……と、下品とも野卑とも、酢でも鮹《たこ》でも食えんような、何んとも譬《たと》えようのない皮肉な口調で、いった。

「君は札幌で、一二度逢ったとかいうとったが、稲田君とはどえらい処で、一緒だったそうだな？」

「…………」

「いい憎いことだから、君がそういう返事をしたからとて、咎めるわけではないが、実は僕も稲田君から聞かされた時は、君のような模範社員が！　と、どうしてもほんとに出来んかったのだ！　しかし、稲田君は、ウソではないという。ウソだと思ったら、調べて見ろという。そこで、簡単にいうが……調べて見たのだ。半信半疑で。処が、残念ながら、稲田君のいう通りだったのだ」

「……」

私はうな垂れるだけうな垂れて、足許に眼を落としていた。

「警視庁の友人に頼んで、調べて貰った処が、まさかと思うたのに捜査課の指紋台帳には、立派に君の指紋が載ってるそうだ。君の叔父さんがいるというから、今朝は愛宕署迄、いって来た……こゝ迄いったら、もうこれ以上いわせなくとも、いゝだろう？　折角勤めてくれたのに、会社としても残念だが、已むを得ぬ！　君も、斯ういう日の来ることを、考えなかったわけでもあるまい？　どう、処置してくれるのかね？」

「…………」

「君にも、色々考えがあるだろうが、どうするつもりかね？」

「…………」

「僕にばかり喋べらせないで何んとかいったらどうだネ？　度胸は可なりあるようだが、……それとも失敗した時のことは、計算に入れてなかったのかね？」

「…………」

長い間お世話様になりましたが、では今日限り会社の方は、身を退《ひ》きまして！ といわなければならぬことは、わかり切っているがそれが何んとしても、私の口へは出て来なかった。眼の前が、真っ闇になった。どうして明日から、暮したらい、だろう？ たとえ野垂れ死しても、もう前身を偽わって働き口を探すことは厭だ。しかも相手は苛らだたしそうに、私の返事を待ち兼ねて、コツ〳〵と踵《かと》で絨毯を、鳴らしている。

何んとか返事をしなければ、めった相手を苛ら立たせるだろうと思ったから、見栄も外聞もなく私は、手を合わせんばかりにして、頼んで見た。図々しくて申上げられた義理ではありませんけれど、もうしばらくの間だけ、……ほんの一寸の間だけ、働かせて戴けないでしょうか？ と土下座せんばかりに、頼んで見た。決して、長い間とは申しません。ほんの二、三カ月だけ……それもいけないと仰言《※おっしゃ》れば、一、二カ月だけでも……必ず、その間に準備して、御迷惑は絶対にかけませんから……

「そうすると、君の働き口が見つかる迄待ってくれ、働き口が見つかったらスグ退《や》めるから！と、そういう意味なのかね？ 随分、虫のい、言い草だと思うんだが、君には、そう思えんかね？」

という返事であった。そうではないのです。決してそういう意味ではないのです。実はこの会社を退めたらもう、日本にはいたくないのです。この会社へ入る時も、外国へ行きたい一心で、悪いとは知りつ、、素姓を包んで、入ったのです。ほんの一、二カ月だけ見逃して戴けませんでしょうか？　その間に必ず旅費を拵えて、外国へ行くつもりですから。

「お調べ下されればわかりますが、外の点では会社に絶対に、一銭一厘の御迷惑も、かけていないつもりです」

「と、君はいうが、どうして君のいうことがその儘、信じられるのかね？」

君は前科者という身を、忘れたのかね？　といわんばかりの調子であった。

「君にはどう映っているか知らんが……」

と急にガラッと、部長の語気が変った。

「時と場合では、僕も随分、血も涙も多い男だ、秘密も守れるつもりだが……時に何かネ？……君は日本にいられんようなことでも、何かしてるのかね？」

と探るような眼をした時には、私は唖然として開いた口が塞がらなかった。が、顔ばかり見守っている時ではない。どういう風に説明したら、この人に私の気持が飲み込んで貰えるのだろうか？と、五体に膏汗《あぶらあせ》が滲み出して来た。私のような社員は、服装《みなり》を第一に作らなければならぬため、今日迄洋服の月賦に逐《※お》われて、残念ながら私には、貯金というものが一銭もない、せめて二三カ月だけでも働かせてくれたら、その間に食うものを食わずにでも上海《シャンハイ》迄の船賃を拵えて、日本を飛び出してしまおうと考えたのであった。

その時分、旅券なしで行ける外国というのは――ということはどうせ私のような前科者に旅券は貰えないのだから、私のような人間に行ける処は、ということになるのであったが、上海と香港《ホンコン》だけであった。が、二、三カ月で香港迄の旅費の出来よう筈はない。せめて上海迄いって後は向うで亦死物狂いに働いて、段々に日本人のいない奥地へ、流離《さすら》っていこうと決心したのであった。

「今日迄働いていた人に、スグに出てってくれというのも何んだから……」

と考え考え部長がいう。

「ま、君がそう迄頼むのなら……一、二カ月の処なら、眼をつぶってもい、が……」

と煮え切らぬ調子で、呟く。

「あまり長くなると、外の社員にも見せしめが付かなくなるし……まだこの会社に、前科者のいた試しはないのだから」

前科者の一言、痛烈に私の胸を刺す。

「一体、何をしたんだね？　稲田君の話では女の間違いらしいというとったが、詳しいことは知らん様子だ……」

と聞くから二三カ月置いて貰えるうれしさに、つい私は包み隠しなく一部始終を話した。十八の年に家を追い出されて、札幌へ行ったこと……そして叔父の手で、北海道の鉄道管理局に勤めて、廿歳《はたち》の年にとも角、下っ端の官吏になったこと――分任の現金出納官という名前だったが、つい芸妓《げいしゃ》に迷って、保管していた官金を費消してしまったこと……罪名は業務上横領罪で、一年半の刑の宣告を受けたこと……が、実際は一年間で仮出獄になってこゝへ勤めたということなぞ……その人の温い心に感謝して、咽《むせ》び咽びいい憎いことの全部も、つい晒け出してしまったのであった。今考えて見れば、人の犯罪を穿《ほ》じくり立てるということが、この人物に取っては興味の対象になっていたのであろう。フム〳〵と肥った顔に好奇を湛えて、眼を輝やかせながら頷いていた。

「前科者がこの会社で働いたということは、まだ前例がないんだから」

と、又浮かぬ顔で、沈吟するようにいう。襯衣《シャツ》が冷汗で、ベットリと纏わり付く。が、人に語れぬ私だけの肚《はら》の底では、たとえ前科者といわれようが冷や汗が襯衣を濡らそうが、あの時私にはそうする以外に、方法がなかったのだから仕方がないと、諦めていた。無鉄砲に官金を持ち出して、芸妓を落籍《みうけ》してしまったのだから、何年でも何十年でも監獄へブチ込まれるのは仕方もないが、私の在檻中病死したその芸妓は、手を合わせて死んだというのだし、……あの時はそうする以外に、方法がなかったのだと思い諦めている。たゞ私の最も大きな破廉恥は、罪を犯しながらまだ斯うして、生きているということであった。罪を犯すと同時に、死んで謝罪をすればいゝのに、斯うして生きていればこそ前科者前科者を、浴びせかけられるのだと、うつ向きながら考えていた。

「……じゃ、階下《した》へいって、働いてい給え！」

と部長は蒼蝿《うるさ》そうにいったが、私は涙ぐまんばかりに礼を述べた。蘇《いきかえ》ったような気がして有難うございました、有難うございましたと、夢中になって頭を下げた。この人が自分の裁量で、私の頼みをきいてくれたとばっかり、感謝したのであったが、飛んでもない思い違いであった。この人の私に対する処分は、もう疾《とっ》くに定まっていたのであろう。それに気が付かなかったとは、何んという、私は、バカの標本見たいな人間だったろうか？

　が、何んにも知らぬから、感激した。そして、今日迄は素姓の発覚することばかり心配していたが、発覚してしまった今となっては、寧ろ却って気が清々《せいせい》して、もう履歴の悩みもなければ、保証人の苦しみもない。今度こそ二カ月後には、新しい天地へいって生まれ変ったような気で、働くことが出来るぞ！　と溢れるような喜びが、込み上げて来た。そして今日からは、珈琲《コーヒイ》一杯も金を費《つか》わず、一銭の金でも倹約して旅費の準備をしよう！　伏し拝まんばかりの感謝と感激をこの部長に感じながら、机へ戻って来たのであった。

　その晩私は家へ帰ってから、綿密な計算を立てて見た。入社後一年ならば、退職金はコレコレ……だから一年八カ月では、幾ら幾ら……後二カ月働かせてくれるとすれば、無理をして一カ月三十円ずつ貯金すると、合計で幾ら幾らとなる。月賦の残りを全部片付けても、何んとか上海迄の三等船賃を出して、十日間位のホテル賃は、捻出出来ることになる。

　やっぱり、詐欺や恐喝で監獄へ入るような奴は、自分の恥じも何もベラ〳〵と喋り立てて、是非善悪の観念のないものだなと、私は自分のことは棚に上げて稲田などという人物は、思い出すさえ胸クソ悪く感じたが、その反面、今日迄軽薄なオッチョコチョイな人間だと、バカにしていたこの部長という人間には千万言の礼を述べても述べ尽せぬ、人間の温かみが感じられて、上海へいったらこの人だけは終生の恩人として、四季折り折りの音信《おとずれ》は何を措いても真っ先きに出そうと留め度もない空想に耽っていたことであった。しかもその空想すらも、胸の清々したその夜に限っては、どんなにどんなに楽しさ極まりないものであったろう？　が、それもこれも、バカ〲しい何んのこった！　というのである。その翌る日になると……

五

出勤を待ち兼ねていたように、

「おい、一寸来給え！」

と怒気憤々《どきぷんく》として、亦部長が呼びたてた。応接室へついて行く。

「大方、こんなことだろうと思っていた！　おい、君の保証人は一体、どこにいるんだね？」

と頭から浴びた時には、もう駄目だ！　と私は観念した。昨日のことはまったくの、糠喜《ぬか》びである。瞬間すべてのことが、走馬灯のように映って来た。この部長には、私を置いてやろうという気持なぞは、微塵もなかったのだ。あんまり私がウルサク頼み込むもんだから、いゝから階下《した》へいって、働いてい給えと追っ払って置いて、保証人を呼び出して四の五のいわせず、引取らせてしまおう！　と思っていたのだ。

人を前科者だと剣呑がって、この上問答を重ねたら、自暴《やけ》クソになって私が、兇刃でも奮い兼ねぬと用心したのであろう。人を食って空威張りしている癖に、臆病ものらしい横顔を眺めて、私は茫然とした。

「あまり人を、踏み付けにして貰いたくない……何がもうしばらく、働かせてくれだ？　保証人も何も、てんでいやせんじゃないか？　仕事はスグ、山田君に引継ぎ給え！」

「………」

悄然として立っていたら、威丈高になって、

「宮沢君！　宮沢君！」

と階下《した》を見下ろして、呼び立てる。

「この人には今日限り、退《や》めて貰うからね、仕事は山田君に引継がせるが、君はアンドリュース商会の方を中止して、この人の取引先きを廻って、調べて見てくれんか！」

「会社に御迷惑は決してかけておりません……お調べ下されば、スグわかりますけれど……」

「黙ってい給え、君の知ったことじゃない！」

ジロリと、苦々《にがく》しげな一瞥をくれた。眼の中に、蔑《さげす》みが走っている。そしてその蔑みを見たら、もう私には、何んにもいえなくなってしまった。もうどんなに弁解しても、どんなに跪《ひざまず》いて歎願し

ても、無駄なことはわかり切っている。

「社長とも、相談して置く。君はこれで、帰り給え！　明日十時頃に来て貰おう！　給料を清算しとく……」

すごく〳〵と言葉もなく、私は応接室を出た。この人の肚《はら》の中も読めずに、有頂天になって有難がっていた自分の迂闊《うかつ》さが、無性に腹立たしかった。グヮーンと一つ、脳天をドヤシ付けられたような気がして、顔に薄い皮が被《か》ぶさってるような気がして、何にもものが、考えられなかった。その癖頭一杯に何か詰まってるようで、全身がかっかと火照《ほて》っている。

机を囲んでいる多勢の社員達から、顔を見られるのが面伏《おもぶせ》しくて、玄関から出て行くことが出来ぬ。帽子も外套《オーヴァー》もその儘《※まま》に、人の通らぬ廊下々々と選んで小使部屋の横から裏門へ出た。縺《もつ》れながら化粧室から出て来た、タイピスト達が声をかけたような気もすれば、そうでなかったような気もする。外へ出ても、歩いている人や電車がみんな、何んの関係もない違った世界の中を、てんでん〳〵ばらく〳〵に動き廻ってるような気がした。

やっと、借りている二階へ戻って来て、ぼんやりと机の前に坐り込んだが、勿論もう私には、これ以上あの部長に謝まって、置いて貰おうという気なぞは、少しも起らない。こゝ迄表て向きになってしまっては、向うで置いてやるといっても、私の方で恥ずかしくて、堪らぬからである。勿論部長に、さして不愉快も感ぜぬ。重々私が悪いのだから、これも向うが、怒るのが当然だからであった。

生涯中で、私が一番イヤだと思ったのは、その翌《※あく》る日会社へ、金を貰いに行くことであった。会社の人達に、顔を見られるのがイヤで何んとしても、足が進まなかった。今でもそう思う。若し私にその時ほんの僅かの貯金でもあったなら、旅費にする金さえあったなら、帽子も、月賦の済んでない外套《オーヴァー》も諦めて、恐らくもう会社なぞへは、足を向けなかったであろうと思われる。

が、その僅かな金がなかったばっかりに、十分で行ける会社迄三十分もかゝって、会社へ着いてもまだ入れずに、用もないのに店の廻りを二度も三度も歩き廻った末に、やっとのことで眼をつぶって、入っていった。が、扉は開けても無我夢中だったから、何んにも覚えていない。顔中火のようになりながら、社員達の間を摺り抜けて、突き当りの部長の机の前に立った。私が頭を下げても部長は、小肥りの身体《からだ》を廻転椅子に凭《もた》せて、人の顔を見上げた儘、会釈も返してくれぬ。黙って机の抽斗《ひきだし》をあけて、ハトロン紙の封筒を投げてよこした。

「一昨日《おとゝい》迄の日割になっている。そこへ、受取った署名《サイン》をし給え！　調べて見給え！」

調べなくても、わかっている。収入は六十何円だが、歩合を除けば月給は三十七円、その日割だから八円となにがし。この分は私も、覚悟している。立っていたが、もう外の状袋は抛《ほう》ってよこさぬ。

「何かまだ、用があるのかね？」

「……た……退社金を……」

と私は、声が掠《かす》れた。

「退社金は、戴けないのでしょうか？」

「何んだと？　退職金をくれと？」

と飛びついてその口に蓋をしたい程、大きな声を出した。

「図々しいにも程がある！　懲戒免職者に何んのために、会社が退職金を出す必要がある？　文句があるなら、会計へ談じ込み給え！」

途端に全部の社員の眼を、私に背後《うしろ》に感じた。眼の前が眩々《くらく》として、奈落の底へ突きのめされたような気がした。

「いけ図々しい男だ！　前科がばれて、いもしない保証人を捏造《ねつぞう》して、まだそれで退職金を、強請《ゆす》り取ろうという魂胆か？」

「……ゆ、強請るんじゃありません。戴けるのか知らと思って、……待っていたんです」

「だから、文句があったら会計へ、いって聞き給えといってるじゃないか！　人を舐《な》めたことばかりいわずに、さつさと帰り給え！」

まったくもう、強盗か強請《ゆすり》のような扱《あしら》いである。蹌踉《よろ》めくような気持で、机の前を離れた。部長の机のスグ左側は、棕櫚《しゅろ》の鉢植などを飾った広い廊下になって、その向うに外人重役の部屋が、二つばかり並んでいる。その奥に社長室がある。その廊下の中程迄出て、外人の女が麾《さしまね》いていた。クレール嬢である。その人へ返すために、五六冊の小説類を持って来てるのを、思い出した。クレール嬢の後へついて、社長室へ入っていったら、正面の大きな机はガランとして、社長は留守であった。

「MR《ミスタ》・モーリエルはおりま《イズント》せんの《ヒーヤ》。昨夜神《ヒイレフト》戸へ発ち《フォアコーベ》ましたから《ラスナイト》」

とクレール嬢は自分の叔父のことを、MR《ミスタ》・モーリエルといった。

「わた《アイ》したタ《ハード》カツ《ミスタ》カさんが《タカツカ》、昨日叔《スピーキン》父に話し《ツマユアンクル》てられ《イエスタデー》るのを聞いていました。あなたが悪い人だとは決して思いません。お気の毒だと思っています」

「長い間、有難うございました」

と持って来た本を机の上に積み重ねても、長い睫毛《まつげ》を伏せて何んにもいわぬ。やがて本の上に肘を突いて、言葉を続ける。

「どこへ行っても、正しい気持でお働きなさい……ね、そうすればきっと、仕合せになれます。わたしあなたに《アイボーチット》、持って来て上げ《フォアユウ》ました、少し《イッツ》汚れて《サムワット》いますけれ《ソイルド》ど。わたしの子供の時分から、読んでた本です。大変励ましてくれるい、本です。どうぞ《プリーズ》これを読《リーヂス》んで《アンド》、立派《ビカマ》な人になって下さい《グレートパースン》」

病犬《やまいぬ》見たいな眼をして部長が入って来た。

「この男には、お構い《ユーウッド》にならぬ方《ベタステーヴェ》が宜しいです《フロムヂスフェロー》。MISS《ミス》・クレール！　これは《ヒイズ》それ程《ナット》の値打ちのある《ア》人間《ナイス》では《パースン》、あり《ツ》ません《ノー》」

「タカツカさん、あなたのビズネスではありません。わたし《アイム》ＭＲ・タチ《セーイング》バーナに、《グッドバーイ》お別れ《ツ》をいっているの《ミスタ》です《タチバーナ》」

「しかし《バット》、この《ジス》男《フェロー》は《イザン》前科《エクス》者です《コンヴィクト》。前科《ヒイズ》を隠して《ハイディング》、《ヒズ》偽の《パースト》保証《アンド》人迄拵《フェークトア》えて……《ギャランター》」

「気の《ドンチュー》毒じゃ《ピティ》ありま《ヒム》せ《ア》んか？《リヴィング》　タカツカさん！　許してお上げなさい、生《イッツ》活の《オール》た《フォザ》めじ《セーク》ゃ《オブ》ありま《アーニング》せんか？」途端に私は、涙がこぼれそうになった。私のほんとの心を知って、ほんとうに慰めてくれたのは世の中で、この瑞西《スイス》人のＭＩＳＳ《ミス》・クレールたゞ一人のような気がした。

「しかし《バット》……」

「何がバットだい？　コノ大バカ野郎！」

とそこの処だけ英語で、私は大声を出した。

「クレールさんと話してるのに、何んの文句があるんだい！　貴様のビズネスじゃないぞう！」

「何？　此奴《こいつ》、いよいよ本性を出したな？」

「本性を出したら、何が悪いんだい？　始めっから本性は、出てるんだい！　バカにするな！」

と私は、ありったけの声を出してくれた。

「何を俺は、悪いことをしたんだい？　真剣になって、真剣になって……こんなにも真剣になって働いて、……強請騙《ゆすりかた》り同様な扱《あし》らいを受けて、……どこに不正があるんだい？　何んのために、懲戒免職になるんだい！　卑怯もの！　退職金もくれずに！　悪いことをしたと思ったら、いくらでも訴えて見ろい！」

「金を強請《ゆす》り損《そこ》ねて、此奴到頭尻尾を出したな！　バカ奴《め》！　前科者の癖に、泥棒野郎！」

「何？　泥棒？」

「タチバーナさん！」

と若しクレール嬢が割って入らなかったら、恐らくこの瞬間私は、この部長野郎に躍り蒐《かか》ったであろう。旅費を拵えたい一心に、ビフテキ一つ食ったこともないが、まだまだこんなデブ〳〵野郎には、負《ひけ》は取らぬ。この四五日、抑えに抑えていた不快が、一時にこみ上げて、打って打って打ちのめしてくれて、腹の癒える迄殴って殴って殴りのめしてくれたい程、憤怒で眼が眩《くら》んだ。

「怒《ドント》っては《ゲット》いけません《アングリー》、タチバーナさん！　口惜《くや》しいと思ったら、お働きなさい！　そして、立派《アンド》な人《ビカマ》にお《グレート》なりなさい《パアスン》」

クレール嬢が構い付けないから、眼を三角にして人を睨み付けながら、部長は出ていった。

「この本のうしろに」

とクレール嬢は、今の手摺《てず》れた本のうしろの見返しを開いて、指さした。

「わたしの住所《アドレス》を、書いて置きました。何んにも出来ませんけれど、困ったことがあったら、訪ねていらっしゃい」

涙がポタ〳〵垂れて、その字が見えぬ。

「サ……サンキュー……」

と言葉が出なくて、喉が掠《かす》れた。

「……では《ウエル》、タチバーナさん」とクレール嬢が、手をさし伸べる。握った手の甲へも滴《しずく》が垂れ落ちる。貰った本をポケットへ入れて、みんなの見ている方へ行くのがイヤだから、亦小使室の横から飛び出すことにした。

部長は椅子に反《そ》っくり返って、私を睨み付けているが、もうこっちにもこんな男は、部長ではない。私も下らぬ番頭だが、この男は私よりもっと下らぬ、番頭に過ぎぬ。どうせ上海《シャンハイ》へは行けないのだから、私も傲然《ごうぜん》と反《そ》っくり返って睨み返しながら、その前を通り抜ける。廊下を曲る処で、不図硝子《ガラス》戸越しに眺めたら、クレール嬢が片手を挙げていた。目礼するのも手を振るのも忘れて、私はその儘外へ出た。

碧《あお》い眼球《めだま》をした外国婦人が、なぜこんなに慕わしいのか、わからない。碌々言葉も通ぜぬ人が、どうしてこんなにも慕わしいのか？　眼が腫《は》れぼったくて、ともすれば涙が、込み上げて来そうな気がする。第一ホテル前を抜けて、芝口へ出て電車通りを、田村町の方へ折れると何軒も喫茶店が、軒を並べている。草臥《くたび》れて草臥れて、道の百里も歩いたように草臥れて、なるべく女給のいない人の入ってないような一軒を見つけて、電車通りを眺めながら腰を降ろすと、くれた本を抜いて見た。

随分、読み古したと見えて、可なり手摺れている。聖書かと思ったが、そうではない。スマイルスという著者の『自助論《セルフ・ヘルプ》』という本であった。なるほど裏の見返しには Roppongi《ロッポンギ》 Azabu《アザブ》の何番地 Georgette《ジョーゼット》 Claire《クレール》と住所と名前が、書いてある。訪ねる気はないが、若しあっても行けないなと思ったのは、モーリエル方《シーオーミスター・モーリエル》としてあったからであった。不図本を閉じようとして、パサリと落ちたのは、十円札が一、二枚……頁の中程に十円札が十枚、挟まれていた。なぜこの人が、本をくれたかが、私には始めて飲み込めた。昨日部長と叔父との話を聞いていて、私に退職金の出ないことを知って、哀れんでくれたのであった。

その十円札をじっと眺めていると、この親しくもない外国人の心がうれしくて怺《こら》えていた涙が、亦どっと溢れた。

六

これでは勿論、上海《シャンハイ》へ行けよう筈がない。煩悶したり懊悩したり絶望したり昔を悔いて見たり、凡そ五六日位もぼんやりしていたであろうか？　金があったらもっとぼんやりしていたかも知れぬが、頤《あご》が干上がりそうになって来たからそういつ迄もぼんやりしてはいられぬ。死物狂いになって私は働き口探しに狂奔した。真っ先にいったのは東京市の職業紹介所であった。今は職業安定所と呼ぶ、その頃は紹介所といった。そして紹介所の中で私のような労働の出来ぬ人間が先ず行く処は飯田橋の職業紹介所であった。こゝを知識人職業紹介所と呼んだ。

朝起き抜けに、八時半頃には着いたと思うのであるが、もうその時は大分草臥《くたび》れた背広や型の崩れた帽子で、三階建ての紹介所の廻りは世智辛い世相を反映して一町半ばかりの長い列が作られていた。その列に加わって待つ。十時……十一時……十二時……十二時半……蝸牛《かたつむり》のような歩みでやっと番が近づいて嬉しや！　と思った甲斐もなく、私の前五六人位で本日はこれで締切りと掲示板が出てピシャリ！　と窓が閉《た》てられてしまった。

仕方がないから翌《※あく》る日はもっと早く出かけて行く。七時半頃から頑張って三四十番目位に並ぶ。東電でメートルの検針員を臨時に三十名募集してる。収入はこれこれ行って見んか？　という。饑えたるものは職を選ばぬ。その足で東電へ飛んで行く。

「あ、検針員か？　もうよかったな全部決まった！　おい笹川、紹介所の方をなぜスグ断らんのだ？　人を寄越して蒼蠅《うるさ》くて仕方がないじゃないか！」

と下役が上役から剣突くを食っている。翌る日亦紹介所へ行く。寒風に晒されて待つこと二時間……。

「仕様ないな！　満員になっても知らしても寄越さん！」

と係員は東電の処置をブツ〲いうが、なけなしの金で電車賃を損して時間を空費させて、そんな処へ飛ばせて気の毒だったな！　とは少しもいってくれぬ。中央気象台から筆耕の臨時雇を十三人申込んで来てる。どうだ行って見んか？　勿論否やはない。スグ飛んでいって見る。

その通り十三名募集している。じゃこの用紙を持って帰って必要事項を記入してスグ出しなさい。十五日に面接して採否を決する。二カ月間の筆耕だという。十五日迄まだ五日間の日がある。おまけにくれた用紙の中には例によって、保証人の要る保証書というのがある。ハッと胸を衝かれた。役所迄三文判の保証人で欺いたらエライことになるだろう？　第一エライことになるもならぬも私にはもうその五日間を、便々として待っていることが出来ないのである。

五日間待てば必らず採用してくれると決ってるわけではないし……紹介所へいってもっと手っ取り早い処を頼もうと息急《せ》き切って戻って見ると、本日はこれで締切り！　明日来ようと思ったら明日は日曜で休み。

私は到頭紹介所を諦めてしまった。廿日でも一月でも待つだけの金に余裕《ゆとり》があって気長に探す場合はい〻かも知れぬが、私のように尻に火の点《つ》いた男にはマダルッコクテ、こんな処を当てにしていてはいつ決まるか見当が付かぬからである。私のふところを晒け出さなければなるまいが、もうその時私のポケットには二十円の金もなかったであろう。

モーリエル商会を馘《くび》になったと聞くと、洋服屋が背広でも外套《オーヴァー》でも月賦の残りをワッとばかりに取りに来た。それをクレール嬢のくれた百円で払ってしまったからもう残ってる金は二十円にも満たなかったであろう。おまけに私の最も腹が立ったのは、モーリエル商会の社員共の軽佻というか浮薄というか、人間らしい一片の温かみもない薄情さであった。

多勢の社員から顔を見られるのがイヤさに、外套も帽子も玄関の衝立《ついたて》に懸けた儘《※まま》私は到頭取りに行くことが出来なかった。翌る日退職金を貰い損ねた時も、部長と喧嘩した儘小使室から帰ってしまったから、やっぱり取って来ることが出来なかった。それを送ってくれるでもなければ、届けてくれるものもない。いゝや、送ったり届けてくれる処か！　帽子や外套をどうする？　と、葉書一枚よこしてくれる人間もない。クレール嬢の百円でその外套の月賦の残りを支払う時社員共の不人情さにどんなに私は腸《はらわた》が煮え沸《たぎ》ったか知れぬ。

素姓を隠してるような男だから外套の一枚位、何かチョロマカシテ拵えたんだろう？　と社員達は別段気に留めていなかったかも知れぬ。そして亦私の着るような粗悪な外套では誰れ一人顧みるものもなく、今でもまだ玄関の折れ釘にブラ下がっていたかも知れぬ。が、そのバカ〱しい外套代の月賦の残りも、私はクレール嬢から貰った血の出るような百円の中から払っていたのであった。と、いうような口惜し紛れの話なぞはどうでもいゝが、私のいいたいのは外套や帽子位の物質上の問題ではない。たゞの一人としてどうしているか？　と安否を問うてくれるものもない会社の社員達のその紙よりも薄い軽薄な人情をいっているのである。

三月の空っ風の中を帽子もなければ外套も着ず、首を竦《すく》めて歩いていた私が次に眼を付けたのは、新聞の裏面に出ている事務員募集の案内広告であった。行ったのは京橋の新富町で降りて、電車通り裏の混《ご》み混《ご》みした横丁の中程にある、野澤の淋根丹という淋病の家伝の薬屋であった。

質屋の家伝薬として名高い淋根丹！　一週間服《の》んだら尿を透《す》かして御覧！　と年中大きな広告を出している家が事務員急募月収四十円と案内広告欄で、人を募集していたからであった。なるほど質屋だから大和屋と※暖簾《のれん》がかゝっている。ドッシリとした土蔵《くら》造りの、裕福そうな構えである。が、いって見て驚いたのは、事務員どころか！　というのであった。

着ていった背広を脱がせられて、質流れらしい盲縞のつんつるてんの着物にヨレ〲の角帯を締めさせられ、朝から晩迄——晩は十一時半頃電車のなくなる時分迄酷《こ》き使われた。店の格子戸土蔵の羽目板帳場格子の雑巾がけをさせられる。庭の※草《くさむ》拗《し》りをさせられる。六度も七度も口喧しくやり直させられて質入れの着物を畳ませられる。大きな摺鉢にワケのワカラン粉を入れて擂粉木《すりこぎ》で淋病薬を練り上げさせられる、それが済むとその練り上げた薬を車に積んで、吉原の大門前の薬局迄配達しなければならぬ。

その合い間合い間には娘の靴の修繕を取りにやらされる、角の魚屋へ塩鱈《だら》を三切買いに走らされる。小僧か下女かワケのワカラン真似ばかり三日間も酷き使われて結局家風に合わぬとばかり月収四十円どころか！　一文もくれずにアッサリ叩き出されてしまった。新しい人間新しい人間と新聞広告で絶えず人を釣って、タヾ働きさせてはお目見得《めみえ》三日間過ぎると一文もくれずに追い出してしまう常習の家だったのである。世の中にはこんなインチキな家もあるのか！　と狐につままれたような気がした。

両国に神西四郎兵衛商店という名の聞えた酒問屋がある。運搬員募集という広告が出ていたからいって見た。酒やサイダー類をリヤカーや車に積んで、朝から晩迄得意の小売商の店へ配達して歩くのである。朝鮮人の屈強な労働者連中三人ばかりと一緒に、三畳の暑苦しい部屋で寝させられた。二日目に一番番頭とかいう男がホイ〳〵と手を叩いて、お前これを身元引受けをしてくれる人の処へ持ってって、判コを突いて貰って来な！　といったからその儘飛び出して家《うち》へ帰って来てしまった。

神田の元岩井町の勇政《ゆうまさ》商店という、これも酒問屋で醸造係募集という広告を出してるから、何か大きな汽罐《かま》みたいな装置で醗酵してるのかと半分職工になる気でいって見たら、薄暗いガード下の物置き見たいな中で洗濯盥《だらい》の十倍位もありそうな大きな盥《たらい》の中へ葡萄の皮と水をジャブ〳〵入れて、着色粉を突っ込んで太い棍棒でギコ〳〵掻き廻しているのである。

掻き廻している裡《うち》にはやがて何日かたつと醗酵して来るであろうから確かに醸造係には違いない。麦酒《ビール》の空瓶に入れて物々しいレッテルを貼ると牡丹印葡萄酒《ポートワイン》東京勇政《ゆうまさ》合名会社醸とばかりに鹿爪《しかつめ》らしいことに変るのであるが、どうも何かそこに一抹のインチキ性を漂わせないでもない。

尤もインチキそのものはもう私も慣れたから深くは意に介しない。私自身がそんな淋病薬や葡萄酒を飲みさえしなければいゝのだから、差支えないが、たゞ私の心胆を寒からしめるのはこゝのオヤジも亦家伝の霊薬屋同様、人を下女か小僧見たいに酷き使いそうな気配を仄見せていることである。ハテ金の方は大丈夫かいな？　と考えながら棍棒でコネ廻していた二日ばかりの後麦酒瓶《ビールびん》を洗っていたらオヤジが見廻りにやって来た。

お前はどうも字が上手らしいな、ちょいとこっちへ来て御覧！　帳場に引上げてやってもいゝ、といってくれたから、こゝも昼休みに外へ出てそれっ切り家へ帰って来てしまった。帳場をイヤだと思ったわけでもなければ身元引受人のことをそういつ迄も苦に病んでいたわけでもない。生きるためだから、時と場合には保証人の一人位捏造するのは已むを得ないと観念していたが、どうせウソを拵えて就職する位ならもう少しつき甲斐のある、あんまりインチキでない家を選びたいと思っていたからであった。

斯うして、尻が長続きせず行く先以って逃げて帰って来たのでは、先方の物も持ち逃げせぬ代り自分の給料の日割りも放棄して、たゞ向うの飯だけ食って夕ゞ働きして来るのであったから、収入が一切なくて苦しいこと話にならぬ。収入どころか！　電車賃だ何んだかだと却ってふところを擂り減らして、階下《した》のお内儀の眼を晦《くら》まして尠《すくな》い持ち物の大半を売り飛ばしたり質八《しちはち》置いて、部屋代も先月から滞《とどこ》おらしてしまった。

七

職業紹介所が手緩《てぬる》くて新聞広告で飛び出していったが、今度は新聞広告が間に合わなくなって来た。いったらスグ右から左と口にあり付けるよう口入れ屋の暖簾《のれん》を潜《くぐ》らなければならなくなって来た。ちづか屋という幾つも幾つも暖簾《のれん》をかけた、大きな周旋屋が万世橋の際《きわ》にある。

「あゝ……こっち、こっち……そこへおかけ！」

と一人の番頭が眼敏く私の姿を認めて麾《さしまね》く。

「兄《あん》つぁんはどんな処が望みだい？」

「どこでもいゝんです。どこかいゝ処はないでしょうか？」

「あるともあるとも。辛抱さえすりゃ働く処なんざ、いっくらでもある、たとえばどんな処で働きたいんだい？」

「たとえば……どこでもいゝんです。ちゃんと給料さえくれれば……」

「冗談いっちゃいけないよ、給料くれないような処へ家《うち》で世話するもんか！　たとえばどこでもいゝは驚いたな。……市内に身元の引受けする人はあるんだね？」

「え……それは……あるにはあるんです……一人あるんです……」

「一人あれば沢山じゃないか！　何んだか心細いな……あるようなないような……ないとどこへ行っても使ってくれないよ」

「確かにあります、……芝の南佐久間町の……」

「い丶よ、い丶よ、あればい丶んだよ。こ丶でいわなくたってい丶よ、向うへ行ったらそうおい！　時にどうだい？　帳場なんぞ勤まるかい？　算盤《そろばん》出来るかい？」

「え丶」

「そりゃい丶や！……じゃ、こんなのどうだい？」

と番頭は厚い帳面を開いて申し込み先を調べてくれる。

「深川亀沢町の白石商店の帳場……帳付けの出来る二十七歳迄の独身男子、住込給料三十五円……材木屋さんだよ、行って見るかい？　神田三崎町谷崎文房具店三十歳迄の算数達者な人……住込独身帳場見習、給金三十円……日本大学のあたりだろう？　お、こんなのもあらア！　此奴《いつ》ア慣れるとい丶金になるぜ！　洲崎門前仲町兼吉楼《かねよしろう》番頭……二十七から……四十五六迄……住込み……給料面談……大きなお女郎屋さんの妓夫太郎《ぎゆうたろう》だヨ！　だが此奴《こいつ》ア兄つぁんにゃ、一寸年が向かねえな！　どうだい、この中で行って見たいと思う処ないかい？……田舎から出て来たのかい？」

「そうじゃありません」

「辛抱しなくちゃいけないな。どこへ行っても行った先きで可愛がって貰わにゃ……」

隣りでは渋皮の剥《む》けた二十四五の女が、番頭から説教を食らっている。

「そうお前さん見たいに、択《え》り好みばかりしちゃいけないよ。浅草千束町《せんぞく》……信楽《しがらき》屋牛肉店……住込みお座敷女中、固定給二十円……貰いがあるからお前さんの腕一つで、六十円にも七十円にもなるじゃないか！　場合により通い女中も可。そう迷わずにこれに決めたらどうだい？……第一お前さんは辛抱気がなくていけないよ、今月に入ってからでも、もう三軒も飛び出してるだろう？いくらこっちだって、それじゃもう世話する先きが種切れになっちゃうよ」

女は襟脚《えりあし》を抜き出して酌婦然とした風体《ふうてい》である。ウッカリ脇見していたら、

「お、い、処があった。これがい、、これがい、」

とこっちの番頭も声を張り上げた。

「割烹旅館……飯田町三丁目しの、め、住込み……帳場見習……給金三十円以上廿四五歳迄……お、こりゃい、、これにしなさいこれに！　どうだい、兄つぁん」

い、か悪いか知らないが、どれもこれも同じようなものであった。面倒臭い！　とも角そこへゆくことにする。番頭が印刷した用紙に紹介要旨を認めてくれる。

「じゃ、これを持って向うへ行って……辛抱しなくちゃいけないよ」

「幾らでしょうか？」

と聞いたら、

「なアんだお前さん始めてか？」

と番頭は笑い出した。

「今こ、で払わなくたってい、んだヨ！　お目見得《※めみえ》三日間過ぎたらこっちからいくからネ。その時お前さんから一円七十銭、雇主の方から四円三十銭貰うことになってるんだから。じゃ、辛抱しなくちゃいけないよ」

口癖になってるんだろう、そんなにみんな辛抱しちまったら口入れ屋なんて商売は、失《な》くなっちまうだろうと思ったら、

「行って見てよくなかったら帰ってお出《※い》でヨ……いくらでもい、処を世話して上げるからネ」

その番頭の手紙を持って、飯田町三丁目に向こう。教えてくれた家は飯田町の電車通りの裏手、大きな街路に面した三階建ての宏壮な家である。黒板塀をめぐらして、見越しの松がある。裏口へ廻る。主人公というのは三十七八、神経質らしく眉を寄せて青い顔をしている。裕福な家に生れた跡取り息子という風がある。

「家《うち》に帳場がいることはいるんだがな、故郷《くに》へ帰るというんで、急にちづか屋へ申込んだわけなんだ。お前さんに勤まるかな？……ま、やって見な！」

爐《ろ》を切って、金庫を据えた茶の間であっさり斯《※こ》う言い渡される。家業はすべてお内儀さんがやってるらしい。側の机で帳面を付けてたお内儀さんが後を受けて、帳面の合い間合い間に細々したこ

とを話してくれる。

廿六七の肥り肉《じし》の艶《なま》めかしい人である。声が甘ったるくて綺麗な人である。束ね髪の、子供に乳でも飲ませていたらしいふっくらとした胸許が開き加減に、それしゃ上りとも思われぬが、とも角一通りならぬ婀娜《なま》めかしさを漂わせている。

「だからねえ……その帳場のいる間に貴方《あんた》に早く仕事を、覚えて貰いたいからねえ……それにはやっぱり、一通りやって貰わなければならないから、拭き掃除庭掃き……始めは一切合切ねえ……面倒だろうけれどもねえ……」

拭き掃除庭掃き風呂炊き……と来れば下男仕事である。が、お内儀さんの言葉が嫋《しな》やかだから、聞いててイヤな気持は少しもせぬ。

「ちょいと番頭」

と呼び付けられても、コレも声が甘ったるいからドギツイ感じはせぬ。

「洋服は困ったわねえ、貴方そこに仕着せがあるでしょう？　この人に出してやって下さいな」

「ほら、じゃ、これを着てな」

とオヤジが押入れから縞の半纏《はんてん》を抛《ほう》って寄越す。

「では帳場を今呼ぶからねえ……向うの部屋でそれを着て……まあその辺からポツ〳〵始めておくれな」

やがて私位の年恰好の、頭をキチンと分けて黒っぽい和服に角帯、そして黒羅紗の前懸けを着けた、華奢な帳場が入って来る。

「貴方の代りに今日からこの人が来てくれたからねえ……万事教えてやっておくれな。書生さんで何んにもまだ、知らないらしいからねえ」

「畏《かしこ》まりました」

と宙腰をして頭を下げたその帳場と顔を合わせた途端、向うでもハッとしたらしいが私もハッとした。これも亦大変な処で知り合った大変な人物であった。

といったならば既に読者にも想像がお付きになったであろうが、この人間も亦札幌の監獄で知り合った男であった。しかもモーリエル商会にいた時に部長の処へ訪ねて来た稲田という小樽新聞の記者をした男のことを書いた時に極《ご》く簡単ではあるが、この人物のことも紹介して置いた覚えがある……といったならこれも読者はお頷きになるであろうと思うのだが、私が稲田氏達と同じ監房で雑居生活をしていた時に、私と同年位の二人の美少年がいたと書いたその一人の方の美少年というのが即ち今顔を合わせたこの帳場なのであった。

宗谷の端《はず》れの利尻島という処から女の取りやりで相手を傷つけて来ている美少年があった。これともう一人、小樽で海産物の仲買店の番頭をしている時に、金を拐帯して主人公の細君と逃げ出して捕まったという美少年と……北海道という処はどうして斯うも悧巧そうな顔をした、美少年のいる処だろう？　と私は驚いたということを書いて置いたが、今逢った帳場というのはこの利尻島から来ていた少年なのであった。思いきや、こゝで亦そういう人物に出っ遭《くわ》そうとは！　しかも、その男が角帯を締めた帳場で、その後を引き継ごうとしている私が、これから下男見習をしようとは！　何んともいえぬ身震いを禁じ得なかった。

八

さっき口入れ屋のちづか屋を出て来る時、食う位の職業なら口入れ屋へさえ行けばゴロゴロ転がっている、ちっとも心配することはない！　と世の中の広さを感じたことであったが、それから小一時間ともたたぬ今、私のしたゝかに感じたものはそれとは凡そ正反対に、世の中というものは何んという息苦しい、狭っ苦しい処であろうか？　ということであった。それともう一つは、悪いことは出来ぬものだということであった。一遍悪いことをしたが最後、その悪の鉄鎖は空恐ろしいほど、どこ迄でも絡み付いて廻る。

しかし稲田氏に逢った時は、困ったと私は当惑した。が、今のこの利尻島に逢った時は、困ったなぞとは少しも感ぜぬ。いゝや、困ったどころか！　地獄で仏に逢ったとでもいいたいような名状し難い懐かしさが、肚《はら》の底から込み上げて来た。もう私の身の上も転落の一途を辿って、こんな割烹旅館の下男同然の身の上なぞ若し失うのならいくら失っても平気だというクソ度胸が、私の心にも付いていたのかも知れぬ。帳場の部屋として与えられているのは、鍵の手に曲った階下、右手の四畳半であった。

「こゝが俺の部屋なんだ」

と利尻島がいった。

「貴方《あんた》の部屋は向うの板前と一緒になってるんだが、いゝよ、こゝにいろよ」

といった。

「へえ！　貴方に逢おうとは思わなかったなア！　驚いたなア……どうしたい？」

といった後で急に声を潜めて、

「え？　六九五号さん」

といった。よく覚えているものであった、確かに私の番号は六九五号であった。

「俺も驚いたよ、ギクッとしたよ……九百……九百……」

「九〇七号だよ」

と笑いながら小声で利尻島がいった。そうだった……そうだった九〇七号であった。みんなが稲田さん稲田さんといってるから小樽新聞記者だけは名前を覚えていたが、後は番号しか知らぬ。

「そうか、貴方苗字はたちばなってのか？　俺は佐藤ってんだよ、佐藤勇策……」

「どうしたい？　あれから、え？　九〇七号さん！」

「九〇七号、九〇七号と呼ぶなよ、佐藤と呼べよ」

九〇七号の佐藤利尻島はあの頃とちっとも変らず左唇の下に靨《※えくぼ》を拵えてニヤリとした。あれから二年たって私と同年だから今二十二になってる筈であった。濃い眉が凛と張って眼が涼しくて、あの時の美少年がもっともっと気品の高い美しい顔になっている。真っ黒な髪が房々として、女よりもっと磨き上げた顔になっている。利尻島という島は平家の落人島《おちうど》と噂されてる島だから九〇七号の綺麗なのもそのせいか知ら？　と私は眺めていた。

「奇遇だったなア！　貴方《あんた》に逢おうとは夢にも思わなかった……ま、い丶や、貴方が来りゃ又いろんな話があらア。だけどそいつは晩にしようよ、どうせ夜はこ丶へ寝るんだから、ゆっくり話し合おうよ」

と利尻島がいった。

「とも角、ワイシャツを脱げよ、これを着て！　洋袴《ズボン》はい丶やな、その儘《※まま》で。この半纏を着て！

……怪しまれるといけないから、さ、一応出よう」

いわれる通りに、ワイシャツとネクタイを除《と》って御料理旅館しの丶めと染めた縞の半纏を引っかけて、洋袴の裾を捲り上げて一人前の下男になる。

「お前、中の廊下は後にして、玄関から先きに拭かせておくれな」

と睡《ね》むそうな声で茶の間からお内儀が声をかける。

「ハイそうします、じゃ貴方こっちへ来なさい。あ、ちょいとちょいと林さん、これが今度来た番頭だから……貴方、この人が板前だから……じゃ、こゝん処から雑巾をかけてくれないか？ そこの羽目を拭いて！ そこん処を出ると水道の蛇口の処にバケツと雑巾があるから」

あたりを見廻して誰れもいないのを見ると、

「い、んだよ……い、んだよ……ざっとやっときゃい、んだぜ」

と小声で教えてくれた。玄関を拭いて中廊下を拭いて二階の廊下と階段に雑巾をかけて、今度は三階へ上る。さすがに草臥《くたび》れた。三階からは煤煙に汚れた黝《どすぐろ》い飯田町の貨物駅や、駅構内で機関車の出し入れをしているのが一瞥《ひとめ》で見渡せる。

三階の端《はず》れの座敷には、一組の客がもう上っているのであろう。芸奴《げいしゃ》の嬌声が耳をうって番の女中が出たり入ったり、お銚子やお通し物を捧げて行く。

「御苦労さまね……番頭さん」

と十八九の女中がお愛想をいって行く。廊下を拭いて手摺りを拭いていると夕靄《ゆうもや》の立ち込めた眼下の甍《いらか》を越して、そろそろと町の灯が瞬いて空にネオンが輝いて、飯田町の駅の方から暗く暮れかゝって来る。

門の前を掃いて庭を掃いて灯籠に灯《ひ》を入れて打水をして置く。門柱の上のネオンを点《つ》けて、玄関に盛塩をする。

「そんなにクソ丁寧にやらなくったってい丶んだぜ……草臥れっちまうよ」

と九〇七号が出て来て亦内証で声をかけてくれた。

今がお客の来る真っ最中であろう。

「いらっしゃいまし……有難う存じます」

とかんだんなく帳場から九〇七号の声が聞える。

「畏《かしこ》まりました、毎度有難う存じます。お二階に八畳と六畳のお恰好なお部屋が空いております。お待ちいたしております」

と馴染みの客であろう電話で応答している声が耳を打って来る。

「慣れない内はねえなるべくねえ、お客様に姿を見せないでねえ」

というお内儀さんの注意であったから蝙蝠《こうもり》のように人目に付かぬ処、付かぬ処と立ち廻って、働くようにする。

「誰れ、そこにいるのは！　番頭さんじゃないの？」

と女の一人が誰何《すいか》する。

「お帳場さんがそういってたわよ、手が空《す》いたら御飯になさいって！」

広い台所の真ん中と端に大きな膳棚があって、そこに並べてあるお膳に向って、立ち食いするのである。手の空《あ》いたものから入れ代り立ち代り女中達が食っている。

飯が終ると風呂の水を張る。客風呂の方は朝から沸いているしこれはタイル張りの温泉見たいに綺麗だが、家族の風呂は台所の隣りの普通の据え風呂である。いい付けられた通り栓をヒネッテ水を張って、釜の下を焚き付ける。

昔から手先きが不器用で、年を老《と》った今も火を起すのに、私は実に難儀をする。冬になると火鉢の火一つ起すにも、ブウ〳〵ブウ〳〵吹き立てて顔中灰だらけにならなければ火が起らぬ。しょっ中妻に笑われているのであるが、※況《いわ》んや風呂の火なぞは絶対に起りっこない。まして、二十二かそこいらの時であった。いくら紙を燃《も》やしても燃しても燃してもどうしても石炭に燃《も》え付かぬ。困《こう》じ果てていたら板前の一人が、

「仕様ねえなアこの番助は！　火が点かねえのか！」

と釜の下をガチャ〳〵やってくれて見事にゴーッと燃え出した。クッ付き通しに付いてるわけにもゆかぬし……離れると消えそうで仕方がない。気が気でないから風呂場の叩きを洗いながら火の番をした。

やがてオヤジが入って来たらしくザーッと浴びる音がしたかと思ったら、

「ワァーッ！」

と悲鳴を挙げた。

「バ、バ……番頭！　水だ水だ、下はまだ水だぞう！　燃《も》せ！　燃せ……早く燃せ！　ワァーッ堪らん早くウ！」

風邪を惹《ひ》くウと風呂場の中じゅう※呶鳴《どな》り立てている。

紫色になって震え上ってる、死物狂いで紙を突っ込んで、薪を突っ込んで石炭を抛り込んで、私は釜の口を吹き立てた。

その時分名を唄われた映画俳優で、齋藤達雄という役者があった。※瘠《や》せてチョビ髭を生やしてサラリーマンのような、見るからに神経質そうな顔をした男であったが、このオヤジが丁度その、齋藤達雄そっくりの顔をしていた。そのチョビ髭が一浴びソ、ッカシイ処をやってしまったから、上るには上られず生きた気もなくキリ〲舞いしてる。

「熱くなりましたか？」

と聞いたら、

「何？　熱くなったか？　ワァーッ！　おうい誰かおらんかア！　お絹う！　お梅！」

と矢庭に声を張り挙げたから、台所から下働き女が飛んで来てくれて、やっと吻《ほ》っとしたがこの時ばかりはもうこれで馘《くび》だと覚悟した。が、ジロリと人の顔を睨み付けただけでさすがにクビにはしなかった。オヤジには呶鳴られたが混凝土《コンクリート》を磨き立てたばっかりに、綺麗なお内儀さんには賞められた。

「番頭！」

と湯の中で気持よさそうに顔を洗いながら、甘ったるい口調でいう。女が入ってるのだから私は外の闇《くら》がりに立つ。

「この風呂場の中を掃除したのはお前かえ？」

「ハイ……」

「感心だねえ……でも、見てるとお前はあんまりチャカ〳〵働くからねえ、それじゃ草臥《くたび》れてイヤんなっちゃうからね、……まあ、ゆっくりとおやりよ」

ジャブ〳〵と気持よさそうに顔を洗う音がして、オヤジの齋藤達雄とは打って変ってのんびりした様子であった。

「おや、誰れか呼んでるようだねえ……お客様らしいよ……行って御覧！」

「番頭さアん！……ちょいと番頭さんはいないのお？　お湯《ぶう》の加減を見て頂戴よう！」

なるほど黄色い声を張り挙げて、女中が客風呂の方から呼んでいる。行って見たら火はちゃんと燃えているし、湯は沸いているし……呼んだ女中はいなくて芸妓が一人で小桶を取っている。

「お湯は沸いています」

「挨拶だねえ……お加減は如何ですか？　とでも聞いたらい丶じゃないの？……後で流して頂戴よ」

手拭いを持って入っていったら、女はまだ湯を浴びている。

「そんな処にヌウッと突っ立って、何んだね……薄気味が悪い……」

「背中を洗います」

「呆れたよ、まだお湯にも入らない内に、背中を流す奴があるもんかね」

とやられた。白い肉付きのいゝ身体が立て膝をして、湯を浴びてる一瞬の映像が瞼にこびり付いて、胸が妙にドキ〱せぬでもない。

昔大バカをした時に、死んだ芸妓と一緒に登別の温泉へいった時のことを思い出す。札幌の芸妓ではあるけれど、もっとスッキリして、こんな場末の豚芸妓とは較べものにもならないなとぼんやり考えてたら、

「さ、い、わよ」

と大きな尻をでんと据える。

「イヤだねえブク〱の洋袴なんぞ穿《は》き込んで、何んて不精ったらしいんだろう？　もっとキリッとおしよ」

と、この女と来たら何んでも思ったことをポン〱口へ出す。生まれて始めての三助稼業であった。たとえそのために官金を費消して罪に問われたとはいえ、とも角、芸妓を連れて温泉場へいったのがいよ〱下落して、今日は場末の連れ込み宿の三助か？　と思ったら抑えても抑えても苦笑

が込み上げて来る。

「あ痛たたた……バカ力を入れないで……加減してやっておくれよ……あ痛た……何んて痛《い》いんだろう？」

痛かったら止しやがれ、このバカ野郎！……とはいえぬ。相手がお客では！

「なるほど番頭さん、貴方はまだ新米なんだね？」

「今日から来たんです」

「冗談じゃないよ、あたしゃ災難だね、飛んだ人に捕まっちゃってさ……もうい、よ、い、よ……

……ああ身体《からだ》中がヒリ〳〵する……」

それでも女は別段怒りもせず、上って褞袍《どてら》に着換えると、

「少《ちい》っとだけれど……じゃ、番頭さん」と二十銭くれた。町の子たちは慣れてるだろうけれど、私は軍人の子で人から金を貰ったという経験はない。おまけにたゞ働きのチョイと勤めばかりして、この金に饑《かつ》えてる時に二十銭金が入ろうとは！　しかもその時分の二十銭という金は大変であった。日雇人夫が汗水垂らして、一日中働いて貰う金の約半分である。

ちょいと背中をコスッタラ二十銭！　斯ういう処の番頭なぞというものは、割合金になるもんだなと思ったら、もうこゝ迄転落してしまった以上、なまじの考えなんぞ起さずに、斯ういう処で下男奉公して一生を暮すのもい、かも知れぬな！　と感慨無量な気持で、貰った二十銭玉を瞶《みつ》めてい

たのであった。

九

夜の商売だから一階も二階も、三階も電灯が煌々と輝いて客が一杯に立て混んでいる。芸妓《げいしゃ》が来る、箱屋が来る。事務員らしい女を連れた肥った社長が来る。燕らしい若い男を啣《くわ》えてでぶ〳〵肥りの精力的な奥様も来る。仕出し料理が来る、九時十時はまだ宵の口であった。酔客の戯《ざ》れ唄が聞えて三味線が響いて、旅館とは名のみで実質は料理屋待合と何んの変りもない。ホホ、、、、、、オホホ、、、と嬌声がさゞめいて、帳場も板前達も十二人いる女中達も、てんやわんやの忙しさであったろう。

が、私のような新米の下男仕事は、下足が終れば夜は湯番位のもので、その湯だとて十一時十二時になればもう誰れも、入るものもない。例の九〇七号の部屋へ入ってまさか部屋の持主が帰って来ぬのに、床を取って寝てしまうわけにも行かぬから、ゴロリと横になって肘枕で考えていたが、職業からいえばこゝは自堕落な商売かも知れぬ。

が、私には何んともいえず居心地のいゝ家であった。お内儀さんが優しいということもあったか知れぬが、それよりも何よりも一番気に入ったのは、ゴチャ〳〵した乱雑な無規律さの中に、何か一抹の放縦さ、自由さ、自分の心自分の身体《からだ》自分の頭でものを考えていられる、のびのびさがあることであった。

いゝ処へ来たもんだな！　と人生の逃避場へ避難して来て身も心も休まるような感じがした。当分こゝで働こうと心を決めたのであった。その点から気になるのはこの大切《だいじ》な逃避場に前科者仲間の九〇七号がいて都合が悪いということであったが、しかしこの男はもうじき故郷《くに》へ帰るというのだし……それなればこそ私がこゝへ雇われたようなわけなのであるし……

九〇七号のいる間に早く仕出し料理の帳面の記《つ》け方や、芸妓の纒頭《はな》線香代の勘定といったようなもの……要するに帳場になる上に必要なことを、みんな聞いて置こうと考えていたのであった。その晩九〇七号が戻って来たのは、一時二時頃でもあったろうか？

「何んだ、まだ寝なかったのか？　先きに寝てりゃいゝのに！」

と入って来たが、

「俺、貴方《あんた》と逢ったお祝いしようと思って、持って来たぜ！」

とブラ下げて来た四合瓶を見せた。

「貴方の床はそれだ！　寒けりゃ俺のが一枚余ってる。掛けなよ！」

と私のに並べて自分の床を敷いている裡《うち》に、

「ちょいとお帳場さん！」

と呼び出して入り口で話してる女中の声が聞える。

「せめて浜焼か酢の物位どうかしようと思ったんだけれど……どうにもならなかったのよ。ねえ、こんな処でどう？　これだって板わさ位付いてるわよ！」

「い、とも〳〵！　結構だ……有難うよ」

客のを旨くセシメタのであろう？　九〇七号が蒲鉾《かまぼこ》やフライの入った折りを持って来た。

「さ、肴《さかな》もある。とも角懐かしいねえ、これで一杯やろう！　寝たがい、よ……寝ながらやろうよ」

蒲団を並べて亀の子見たいに頭を出しながら冷酒を飲む。真ん中に置いた折りから蝦《えび》のフライを抓《つま》む。今迄こんな御馳走は愚か！　監獄を出てからたゞの一度も、酒さえ飲んだことがない。い、や、飲む飲まぬはとも角も、監獄を出てからたゞの一人でも、こんなに懐かしい懐かしいと私と逢ったことを、喜んでくれた人間があったであろうか？

世の中の鹿爪《しかつめ》らしい人々は、前科者の監獄友達と冷酒を酌み交しながら涙ぐんでいる私の心を、此奴《こいつ》も同類の悪だと一言で片付けて私の麻痺した倫理観念に眉を顰《ひそ》めるかも知れぬ。が、しかしウソも隠しもない、まったく涙がこぼれて来たのだから仕方がない。私に取っては親と逢った時よりも、兄弟と逢った時よりも懐かしかったのだから仕方がない。そしてお客のをゴマカシタ蒲鉾や刺身や鬼殻焼《おにがらやき》が、九〇七号の差してくれる冷酒と共に五臓六腑に沁《し》み込んで、不思議な監獄友達の情《なさけ》が始めて私に、世の中の温かさを味わせてくれた。

この友達から料理の記帳の仕方、お線香代花代の勘定の仕方といったものを教えて貰おうと思っていたのだが、そんなことに頓着なく相手がたゞ懐かしい懐かしいと私との奇遇を喜んでいてくれるのだから、そんなことをいい出す折りもない。話はいつか北海道の思い出へ移ってしまった。

九〇七号は父親が網元をやっている利尻の鴛泊《おしどまり》で、女の取りやりが元で仲間の漁師と争って、傷害罪で一年半私より早く入監して、私の出た四カ月後にこれも仮出獄で、刑期半年を余して出獄したというのであった。出獄後利尻の父親の許にいたが、何かに付けて前科者と白い眼で見られるのに居堪《いたた》まらず、しばらく札幌の姉の家へ身を寄せていたが、思わしい職業も得られず神田の須田町裏でやはりこゝと同じ、割烹旅館をやっている、従兄を頼って、手伝っていた。そのうちに従兄の知人であるこのしのゝめから頼まれて、帳場として働いているということであった。

「六九五号さん、貴方《あんた》も苦労しただろうなア？　あすこにいる時は早く出たい〳〵とそればっかり考えていたけれど」

あすこというのは勿論監獄である。

「一度前科者の烙印《やきいん》を捺《お》されたものは、もう泣いたって※咆《ほ》えたってお仕舞いだねえ……絶対に這い上れはせん！　貴方にしかいえないことだけれど……こんな思いをしてる位ならもう一つズバッと思い切ったことをやって、一思いに死んじゃった方がよッぽど、生き甲斐があるよ。いくら血の涙を流して泛《うか》み上ろうと思っても、もう世の中が相手にしてくれないんだから駄目だ……親でも兄弟でも他人よりまだ冷たいよ……」

と九〇七号は投げ出すように呟いた。頭髪《あたま》こそ大人らしく分けているが切れ長な眼も、靨《えくぼ》を泛べた美しい顔も、二年前と何んの変らぬ人懐っこさを湛えている。が、その投げ出すような言葉を耳にしただけでもうそれ以上の深いことは聞くにも及ばない。私には出獄してからの九〇七号の苦しみの悉《※ことごと》くが、音だてて響いて来るようであった。

「一度監獄へ入ったら人間はもう死んだも同じだねえ……生きてたって後は屍骸見たいなもんなんだ！……この二年間に俺の知ったことは……いつ死んでも、こんな世の中なんぞちっとも惜しい処じゃないということだけなんだ……」

と九〇七号はもう一度淋しそうにほゝえんだ。私の胸にもうつろな淋しさが氷のように這い寄って来る。例の小樽で海産物屋の番頭をしていたというこの九〇七号と同じような美しい少年のこと……美唄《びばい》で菓子屋をして地所売買の詐欺で来ていた四十男のこと、娘を娼妓に売って殺そうとして捕まった痩せこけた五十オヤジの話……

「そうく……いろんな人がいたっけねえ」

と昔を偲ぶような瞳をしたが、勿論九〇七号がそんな人間達の消息を知ってよう筈もない。亦私もそんなことを知りたいとも思わない。

その中の一人、みんなが稲田さん稲田さんといってた元小樽新聞の記者だとかいう男がいただろう？　あの男には酷い目に遭ったよ。それが俺がこんな処へ来て、下男みたいな真似をしなければならなくなった第一の原因だヨ、といったらこの九〇七号がさぞ眼を輝やかして、興味を沸《わか》すだろうということもわかっていたが、もうあんな男のことなぞ思い出すのも厭だから黙っていた。

「ほら元小樽新聞の記者だとかって稲田何んとかいうオヤジがいたろう？　眼のギョロッとした……」

と向うからいい出した。

「覚えてないかい？」

「そう〱……いた〱」

と私は頷いた。

「貴方が出てから二三カ月目だったか……彼奴《あいつ》草鞋《わらじ》なんか作って。めっかって、えらい懲罰を食ったよ、…何んでも減食四日だったか？……だから彼奴仮出獄は貰えなかったろう？」

「へえ！　そんなことをしたのかい？」

「初犯の癖に草鞋作りなんぞして食えん奴だよ。い、金になるっていうから、奴出てから売るつもりでいたんだろう？……どうせ監獄に入るような奴、碌な人間じゃないからねえ」

と言ってからハッとしたように九〇七号は苦笑した。そういう食えん奴だからお蔭でベラベラ喋り立てられて、俺は酷い目に遭ったんだと喉迄出か丶ったのを、もう一度私は呑み下してしまった。

草鞋《わらじ》というのはわらじの玩具《おもちゃ》のことである。主にこれは前科五六犯の、監獄太郎と看守達の呼んでいる獰猛《どうもう》な累犯者達のすることであって、私はまだ一回もその実物を見たことはなかったが、話にだけは聞いていた、絹糸といいたいが絹糸を解《ほぐ》した蜘蛛の巣のようなもので丹念に編んで鼻緒もちゃんと付いたほんものの草鞋そっくりを拵えるのだそうであったが、その精巧なものになると小指の爪の四半分の一にも足りぬ殆んど眼にも入らぬようなものを作り上げるのだそうな。

出獄する時にこれを持って出ると――小さな物だから舌の裏にでも隠して出るのであろうか？――芸妓、待合の女中、料理屋の女将《おかみ》といったような水商売の女達はこれを持っていると一生金に不自由せぬとかいう迷信があって、非常に珍重して、精巧なものになるとその頃の金で一個三百円位にもなるという噂さであった。

初犯者の癖にそんな獰猛囚達のするような真似をして！

草鞋の話はそれで終って昔の同房囚の噂さもそれで済んでしまったが、私が聞き耳を立てたのはそんな草鞋の話ではない。もっと〳〵魂のどん底から、痛快を叫ばせられるような話であった。それをいうためには一応その頃の典獄の話をして置かなければならなかったであろう。

在監中この典獄の訓話は、私も三度位は耳にしたであろうか？　味も素っ気も温かみも潤いもない、刑の執行官そのものといったこの典獄の冷や丶かな風丯《ふうぼう》を、今でも私は忘れることが出来ないのである。典獄は看守上りの肥大漢であった。

前にも一寸触れたかと思うが、自分のことを当職と呼んでいつも囚人を呼ぶのにその方共！　と眼下に見下して蔑視していた。

「宜しいか！　法の命ずる処に従ってその方共の身柄は、本日から当職が刑の執行をしているのである。その方共は危険至極な人間で到底社会生活を許すわけには相成らぬから社会から隔離されているのである。獄則を遵守して謹慎を旨とすればその方共の生命は当職に於て保護してやる。が、当局の命令に反抗した場合には、相当なる厳罰を覚悟しなければならぬぞ。国法を犯した以上微塵も容赦はせぬぞ。宜しいか、わかったか！」

　ざっとこんな調子であった。さながら重武装の軍隊に包囲させて、一斉射撃寸前見たいな訓話であった。

　一斉射撃寸前といって悪ければ重屏禁《じゅうへいきん》軽屏禁《けいへいきん》窄具《さくぐ》……凶暴囚を懲らしめる監獄備え付けのあらゆる戒具類を持ち出して、犯した罪を悔いている初犯囚に迄不必要な反感と絶望を植え付けている、訓話であったといったら適当だったかも知れぬ。

　猛獣使いですら猛獣には先ず温情を第一とする世の中に、そして刑罰は既に昔の報復刑ではなくて、たゞ自由のみを剥奪して改過遷善の機会を与えようとしている世の中に、この典獄はすべての囚人というものをまったく生まれながらの悪人視して、その憎悪と僻《ひが》みを誘発しながら、たゞ事故を起さずに檻の中へ閉じ込めて置こうとするやり方であった。

これで工場の作業能率は上って、典獄その人は中央官庁のお覚え目出度く出世するかも知れないが、罪を犯してこれで改心する人間が、たゞの一人でもあるものであろうか？　恐らく初犯者は再犯となり再犯は三犯となってたゞ罪の一途を辿らせるだけではなかろうか。だから看守も典獄を見習って、スグに作業怠慢と叫んで懲罰を申告し、本職を侮辱するかと囚人に躍りかゝって六〇二号のような命知らずは、作業鋏を揮《ふる》って看守をネジ倒す、眺めている囚人誰れ一人として、看守を助けるものもないのであった。六〇二号が全囚人の溜飲を下げているからであった。

しかも血もなければ人間の温情の一片だにもなく、生きた監獄法の施行細則見たいなこの典獄が、あろうことかあるまいことか！　収賄偽証罪のために懲役一年を宣告されて、侮蔑し切っていた先天的犯罪種族の中へ、自分も真っ逆様に墜落してしまったというのである。それを確かに九〇七号は地元の新聞で読んだという。そのため札幌では大沸立ちに、沸立っていたというのであった。

「出てから故郷《くに》にいられなくて、札幌の姉の処に厄介になってた時に知ったんだから、絶対に間違いはないぜ。まさかあすこの典獄をしていた人間を、札幌の監獄で刑の執行もしないだろうけれどね……随分札幌じゃ、騒いでたよ！」

曾《※か》つて私にウソを吐《つ》いたことのない九〇七号が、そこ迄断言する以上勿論絶対に、間違いであろう筈はない。

九〇七号という男は、そんなコセ〳〵した妙なウソなぞは、決して吐かぬ男であった。九〇七号の姉なのだから、よほどの美人だったのであろう。この姉が面会に来ると後で看守達が少年だった九〇七号を掴まえて、お前の姉さんはどこに住んでるんだ、旦那さんがあるのかないのか？　何をしてるんだ？　などと根掘り葉掘りしていた三年前の思い出がぼんやりと蘇って来る……

「彼奴《あいつ》が入った処《とこ》の典獄から、その方共なんて呼ばれてさ！　その方共は危険な人間だから社会から隔離されてるんだぞ！　とやられたら、彼奴どんな気がするだろうね？」

人を呪わば穴二つ……私は黙念として聞いていたが六〇二号のような監内殺人事件の起るのも無理はないなと、しみ〴〵考えずにはいられなかったのであった。

しかし、連れ込み宿の帳場と下男見習の三助とが、お客のをチョロマカシタ冷酒を飲みながら、行刑精神の在り方を悲憤慷慨して見た処で始まらぬから、この話もどこかへすっ飛んでいってしまった。

不図何かの※序《つい》でに身分証明書には困るなア、あれがあるばっかりにどこへも確《しっ》かりした処へは勤められないけれど、貴方は一体どうしてるんだい？　と聞いてなるほど世の中にはそんな旨い抜け穴もあったのか！　としたゝかに感じさせられたことであった。

九〇七号は稚内の中学を卒業してる身であったが仮出獄になる寸前、年を老《と》った古狸の看守が、旨いことを教えてくれたというのである。出たらスグ続けさまに、五六回位原籍地変更届を戸籍役場へ出して、それからそれと息吐く暇もなく原籍地を取り換えて見ろ！　というのであった。それから試《た》めしに身分証明書を取り寄せて見ろ！　どこかの戸籍役場の手落で必ず重要記載が脱け落ちている。

ヤカマシイことばかりいっていながら日本の役所というものは、それほどどこかの釘が緩んでるものであって、それ位立て続けにやると必ずどこかの戸籍役場が、次の役場へ身分通牒をするのをスッポカシテしまうものだというのであった。

そこで半信半疑で実行して見たらほら六九五号さん、見て御覧この通りだよ！　と九〇七号は行李の中から皺だらけになった護身用の身分証明書を取り出して見せた。なるほど戸籍役場の盲点を衝《つ》いて、絶対に偽りではない。私より刑期が長くて懲役二年半の男が、何んと何んと！　禁錮以上ノ刑ニ処セラレタルコトナシ右証明ス。ドコソコの町長何ノ某《なにがし》印とペタリと押してある。

チェー斯うと知ったら俺もこの伝《でん》をやりゃよかった！　と私はじだんだ踏んだがもう遅い。三助になって芸妓の背中を流して二十銭貰ってる今の身の上には、身分証明書なんぞ何んの必要もないことである。日本という国はどうして斯うも正直ものがバカを見て、図太い人間が得をする国であろうか！　ということを、この時ほど身に沁《し》みて感じたことはなかったのであった。

九〇七号があんまり懐かしがってくれるから二時……三時……四時……到頭夜の白々明け迄も枕を並べてボソ〳〵話し合ってしまった。そして今考えればその時も九〇七号はもうこんな世の中に

生きていることはつく〴〵厭になった、何か世の中に思い残すことのないような、アッ！ という
ことをし出来《でか》して死んでしまいたい、世の中が癪《しゃく》に障《さわ》って仕様がない！ と、前科者特有の虚無的なことを冗談とも付かず真面目とも付かず、二言《ふたこと》挙句には口に出していたような覚えがある。

十

が、その晩は勿論何んの変ったことも洩らしはしなかった。その翌《※あく》る晩もその亦翌る晩も別段何んの変った話もなく過ぎ去った。相変らず夜遅く床へ入って、何かとしばらく喋り合って眠りに就く。仕事のこともいろ〳〵教えてくれるし一番苦になる私の身元引受人のことも、いゝよ〳〵二十円ばかりやって、誰れか間の抜けたような奴をめっけてやるよと笑って、呆れる位アッサリと引受けてくれた。

そして凡《※およ》そ斯《※こ》うした間に私の知ったことはお帳場さんお帳場さんと多勢いる女中達からこの九〇七号が如何に騒がれているかということであった。キリッとして、女にも珍しい程の美貌をしてるのだから無理もないとは思われるが、出入りしてる芸妓《げいしゃ》で客を忘れて流眄《ながしめ》をしてる女達も四五人位はあったであろう。が、肝心の九〇七号はそんなことには一向無頓着で、金はあるかい？ なければ用立てるよ！ と蔭へ廻って気を付けてくれる。それがいい知れず凛とした気性を偲ばせて、親

切な友達を持ったことを私に、この上もなく喜ばせた。

とも角友達のお蔭で私は上乗の首尾で、お目見得《めみえ》三日間も済ませれば給金も二十五円に決まったし、亦こんな下男仕事なぞというものは三日もすればスッカリ飲み込めるものであったから、五六日もたった時分にはもうそう文句もいわれずに背中を流すことも出来るようになった。まだどうかすると痛いわよう三チャン！　なぞと蓮っ葉芸妓からヤッツケラレルことはあっても、流し終ると手拭いを肩に載せてポン〳〵と叩いて、どうやらほんものの真似ごと位出来るようになった。ふところも斯ういう女達から貰った金が三十銭五十銭一円なぞと……場末の淫売芸妓でも斯ういう連中は派手だから、これはひょっとすると、月に五六十円位にはなるかも知れないぞと、世渡りに一種の明るさを感じていたことであったが、さてそれ迄九〇七号の佐藤は気振《けぶ》りにもそういう恐ろしい意嚮《いこう》なぞは見せたこともなかった。が、いよ〳〵私が来てから七八日ばかりも過ぎた、ある晩であろうか、朝からしと〳〵と雨の降ってる日であった。

「一体貴方《あんた》はいつ故郷《くに》へ帰るんだい？」

と床を並べて私が聞いた時であった。

「そう……それで一度俺も篤《とっ》くり貴方と相談しようと思ってたんだ」

と九〇七号はまじ〳〵と探るような眼をした。

「始めのつもりでは新しい人が来たら……四日か五日もいたら帰るつもりでいたんだけれど……

思いがけなく貴方が来たから、予定がみんな狂ってしまったんだ……ズル〳〵になってしまったんだ……」

とじっと何か考えている。いい出そうかいうまいかという風に。

「俺は貴方がいつ迄もいてくれた方がいゝんだよ。……貴方の後釜なんぞならなくたっていいんだよ、今の儘《※まま》でいゝんだぜ！」

といっても、別段何んともいわなかった。相変らず横向きになって何か考え込んでいる。森閑《しいん》とした何分かが過ぎた。

「寝たかい？……六九五号さん！」

と思い出したように声をかける。

「一寸話があるんだよ」

「うん」

と眼を開いたがやっぱり何んにもいわぬ。たゞ窺《うかが》うように人の顔色ばかり眺めている。

「何んだい……？」

「実は……」と蒲団の上に乗り出して声を潜めた。

「こんなことをいうと、貴方は驚くかも知れないけれど……」

「……」

「この半年ばかり様子を見てたんだが……」

「……」

「この家《うち》には金がある。……茶の間の金庫の中には、いつだって六千や七千の金が入ってる……」

途端にゾーッと冷たいものが背筋を流れた。その時分の六千円七千円は今の六十万七十万の値打ちがあったかも知れぬ。

「……ね、わかったろう？　驚いたかい？」

と、もっと声を圧《お》し潰した。眼が刺すように輝やいている。

「驚かないさ……これだろう？」

と私は人差し指を曲げて見せた。

「…………」

黙って素直に頷く。

「到頭俺が昔の癖を出したと思ってるんだろう？」

「…………」

「だけど俺は、昔は泥棒じゃないぜ……だけど、今度という今度だけは芯からその金が欲しくなったんだ。こんなことをいつ迄してたって始まらんし……どうせもう死んだって生きたってい丶身体なんだ。※序《つい》でにもう一つ悪名を唄われて、ドカーン！　とやらかしてそれで死んでしまえば……

もうずうっと前から考えてたんだ。もっと詳しくいおうか？」

といよ〳〵顔を近づけて来た。声がます〳〵低まる。

「始めのつもりでは、来た男にみんな罪を塗《なす》くり付けて警察をうんとバカにしてやろうと思ってたんだけれど、貴方が来たから予定が滅茶々々になっちまったんだ！　貴方に迷惑かけたくないし……それでこんなにズル〳〵になっちまったんだ。だけどもういつ迄もズル〳〵にしちゃいられない……」

「俺に手伝えというのかい……？」

「う、ん……違う」

と烈しく頭を振った。

「貴方を巻き添えにする位なら、もう疾《とっ》くにやっちまってるよ。貴方は巻き添えにしたくないんだ。やればスグ足が付くことはわかり切ってるし……今度やればもう再犯だもの……今度食ったら五年や十年……場合によれば一生涯出られないかも知れないし……」

「窃盗がそんなに食うものか！」

と私は冷笑した。

「三年か五年だろう？」

「しかし相手を傷つけたら……？」

「……そこ迄決めてるのか？」

と私は暗然とした。

「したくはないけれど相手が抵抗すれば仕方がないさ……」

ニヤリと片頬に笑みを泛《※うか》べた時は、又私はゾーッと頭から冷水《ひやみず》をブチかけられた。親しい友達だから何も九〇七号が恐ろしいというわけではないけれど、虫も殺さぬ顔をしながら大胆とも不敵とも！

世の中で怖いのは怒って人を殺す人間ではなくて、笑いながら人を殺す人間だと昔からいわれている。九〇七号がその笑いながら人を殺す態《てい》の人間だと思ったら、何んとしても寒けを感ぜずにはいられなかったのであった。

「貴方に迷惑かけたくないから……黙って俺がやれば、何んにもしなくても貴方は警察へ引《ひ》っ曳《ぱ》られて、酷い目に合うよ。一緒に寝てたんだもの、知らんことはないだろうって……おまけにその時は貴方は前科で酷いことになるよ。……それで今日迄ズル〳〵考えてたんだ……」

「俺は周旋屋から来た人間だけれど」

と考え〳〵私はいった。

「だけども貴方は知り合いで頼まれて来たんだろう？　その人間がそういうことをするなんて……構わないのかい？　そういうことをしても！」

「だから半年も考えてたっていってるじゃないか！」

「どうしてそんな纏《まとま》った金が要るんだい？」

と聞いて私は止めにした。看守達に姉のことを聞かれてあの含羞《はにか》んでいた優しい人間が……そして監獄という処は看守の眼を盗んで、男色の流行ってる処だそうであった。その好色そうな累犯者達からジロ〳〵見られてあの面《おもて》を赧《あか》らめていた人間が、こんな不敵な反抗の料簡になったのは、あまりにも世の中から冷酷《むご》く扱われ過ぎたからなんだ。そしてもうそこ迄心を決めている人間に余計なことを聞いて見ても仕方がないし、亦諫《いさ》めた処でもう思い止る筈もないことであった。

こゝの家の人はどういう人だい？　と聞いて見たら、オヤジはこゝの息子だけれどお内儀《かみ》さんは名古屋の大きな旅館の娘だと返事した。

「困ったね」

と私は溜息を吐《つ》いた。

「幾ら調べられたって俺は構わないけれど……生きてたってもうウダツの上らぬ身体だってことは、俺だって年中考えてるけれど……だけど悪いことはもう厭だ！　饑死にしてももう悪いことはしないと決めたんだ。だから……だから、ほんとうをいえば貴方にだってそんなことはさせたくないけれど……もうそこ迄決めてたら、俺なんか忠告したって役に立たんだろうし……第一俺だって、しないだけで……年中そんなことを考えてるんだから……貴方に忠告する資格なんかないし……」

「だから……だから六九五号さん、貴方に頼みがあるんだよ。……貴方何んにも知らんことにして、こゝを出てくれないか？」

「…………」

「俺はどういうわけか貴方だけは巻き添えにしたくないんだ！　こゝにいれば警察に引っ張られて貴方は酷い目に合うよ。だから出てくれないかい？」

「出るのは構わんけれど……」

と私は考え込んだ。

「出たって貴方はするだろうしなア……貴方にさせたくないんだよ、そんなことを！……だけどいくら俺がいったって、決心したら貴方はするだろうしなア……」

ギラ〳〵した眼で私を瞶《みつ》めている。

「だけどそんな悪党をしても俺は貴方が好きだから、貴方のことは一言だっていいたくないし……警察で調べられれば知ってることはいわずにいられないだろうしなア……困ったなア」

と私はもう一度九〇七号の上へ視線を移した。

「九〇七号さん、もう一度だけほんとうのことをいってくれ！　貴方は俺を仲間に入れたいと思ってるんじゃないのかい？　ほんとうのことをいってくれ！」

「絶対に思ってない……貴方にはさせたくない……貴方に仲間になって貰いたい位なら疾くの昔

にやってるよ……俺だって貴方が好きなことはわかってるだろう?」

私は頷いた。

「そんならこんな大変なことを打ち明けて……若し誰れかに俺が喋べったら貴方はどうするんだい?」

「貴方は喋べらないよ……仲間になれったってならない代り一言だって喋べりもしないよ。ちゃんと俺は貴方を見てるんだ。だから貴方だけは仕合せに暮して貰いたいと思って……俺は仕合せに暮せないけれど貴方はきっと暮せる男なんだ! 俺の気持だってわかるだろう?」

もう一度私は頷いた。

「俺は悪いことはもう絶対にせん。しかし貴方のことも決して喋べりはせん!……ほんとうならそんなことは止めてくれって忠告したいんだけれど、いったって無駄だからそんな忠告もせん。その代り貴方の成功も、決して祈りやせん!」

と私はいった。

「出よう、何んにも聞かなかったと思ってこゝを出るよ」

「いつ?」

「明日出る」

「行く処あるかい?」

「今迄は知らなかったから心配したけれど、もう知ったから心配せん！　周旋屋へ行けば幾らだってある。……なくたって出るよ」

「貴方に金を上げたいけれど、そうしたら貴方は共謀と見られるから大変なことになるよ。……だけど、俺の貯めた金ならい、だろう？　三百円ばかりあるから持ってかないかい？」

「要らんよ。そんな！　泥棒した金なんか」

「まだしやせんじゃないか！　これからするんじゃないか！」

と九〇七号は笑った。そしてこれで話が済んで蒲団へ戻って顔だけこっちへ向けて眺めていた。今斯うして書いていても、場合によったら刃傷《にんじょう》して、終身懲役か死刑になるかも知れんという重大な打ち明け話をするのに、何んてアッサリと、まるで明日ピクニックにでも行くような話だろうと呆れ返らずにはいられぬが、こっちも向うも二十二三の若さでは仕方もなかったであろう。そしてこれから考えると今の十代《ティーン・エージャース》達の悪事の相談というものも、やっぱりどうせこんな程度のものであろうと考えられる。

とも角蒲団に入って向き合ってから、

「そんなに金をどうするんだい？」

と聞いて見たら、

「あんまり聞くのお止しよ。知らないことなら幾ら調べられたって、知らないで済むけれど、少しでも知ってたら共犯と疑われるぜ。聞かない方がいゝよ」

と九〇七号はほゝえんだ。

泥棒で、まかり間違えば強盗に居直ろうとする人間が、ほゝえんだという形容は可笑《おかし》いがまったくそれはほゝえんだというより外に方法のない顔だったから仕方がない。

「見といでよ、俺は犯跡は絶対に晦まさないぜ。だからスグ足が付くよ、警察をバカにしてバカにして、バカにし放題バカにしてくれるんだ」

と人ごと見たいな顔をして、楽しそうに靨《えくぼ》を泛《うか》べる。綺麗な顔をしながら私なぞの夢にも及ばぬ、大胆不敵な度胸を持っているのであろう。

「俺はスグ北海道へ逃げて、漁場《ぎょば》から漁場を渡り歩けば半年や一年は匿《かく》まってくれるだろう。逃げて逃げて絶対に捕まらないよ。捕まる時にゃ警察の奴、生きた姿じゃ俺に手錠は嵌《は》められないよ」

と笑い出した。

「そうしたら六九五号さんお線香の一本位立ててくれるかい?」

そんな一大事を打ち明けられたのだから本来ならばとつおいつ寝返り打って眠られぬ筈であろうが、昼間の疲れかそれとも九〇七号に負けず劣らず、ふてぐ〵しさが私の心にも満ちていたのか?やがてグッスリと眠ってしまったし、一大事の本人の九〇七号の方も亦グッスリと眠りこけてしまった。

眼が醒めれば私は半纏を着なければならぬ。いつ行くんだいと聞くでもなければ、昨夜《ゆうべ》の話は内証にしといてくれと囁くでもない。赤ん坊のように純真に人を信じて疑わぬ風であった。たゞ金を持っててくれと、廊下で摺れ違った時に耳打ちしただけであった。

この頃はオヤジの齋藤達雄がい丶気になって、時々背中を流せ！　と呼び付けるのは気に食わなかったが、この人も決して性質の悪い人ではない。ムズカシイ顔はしているが無口な、案外淡白な人であった。況《※いわ》んやお内儀さんは優しいし……いきなりこの人達に退《や》めますといい出すのはさすがに辛かったが、心残りのないよう今日は特別念入りに廊下を拭いてから茶の間の敷居際に手を突いた。

「何んだ、もう止めるのか？　頼りにならんもんだなア」

といわんばっかりに齋藤達雄は呆れ顔をした。

「居付いてくれるとばっかり思ったのに！」

「困ったねえ、折角喜んでいたのに……、帳場がさぞ落胆《がっかり》するだろうねえ。お前を賞めてたんだからねえ」

とお内儀さんがいった。

「では仕方がない、お勘定をしようねえ！」

と見ていた新聞を置いて机で勘定し出したがなるほど九〇七号のいう通り金のある鷹揚《おうよう》な人達な

のであろう。十日ばかりしか勤めないのに日割なぞとケチなこともいわずにちゃんと半月分十二円五十銭……

細いのがないわと拾円と五円二枚くれた時には気の毒で受取ることも出来なかった。抵抗すれば刃傷《にんじょう》するといったが、まさか怪我もさせないであろうが近々六、七千円の金を奪《と》られる人達と思うと、とても正視することが出来なかった。しかも私自身似たり寄ったりの邪念は時々頭の中に萌して、九〇七号を止めるだけの力はないし……

逃げるようにして裏口から廻って玄関の隣りの、帳場机で書き物をしている九〇七号の前へ行って頭を下げた時には、こゝでも亦哀愁を禁ぜずにはいられなかった。

「そう……止めるの?……残念だねえ……い、人が来てくれたと思ってたのに……」

と白バクレたことをいって、用意して置いたのであろう、周囲を見廻して頻《しき》りに持ってけ持ってけと机上の紙包に眴《めくば》せする。私を見上げている瞳は何んといったらい、であろうか? 感謝というのではないし別れを惜しむというのでもなし……しかも感謝とも哀別とも何んともかとも、いおうようのない色を泛べている。しないで済むのならそんなことはしないでくれ! と私も眼に込めて外へ踏み出した。

しばらくいって振り返って見たら角の煙草屋へ来たような顔をして、九〇七号がポストの前でじいっと見送っていた。

「身体を大切《だいじ》にして……」

と掠《かす》れ声でいった。

「仕合せに暮してくれ、これを頼むよ……」

と笑いながら線香を立てて手を合わせる真似をした。ちんどん屋が人生のどん底見たいな唄を、流して歩いてた。

十一

どこへ行くあてもないから亦こないだのちづか屋へいって、新しい働き口を探すつもりであった。ぼんやり歩きながら不図気が付いたら、電車にも乗らずに水道橋からお茶の水の坂を登ったり下ったりして、松住町の停留所前から万世橋へ出て来た処であった。左手向うに暖簾《のれん》が揺れて、こないだのちづか屋が眼に付いた。

しかし足が進まなかったからその儘《※まま》電車通りを左へ折れて、ブラ〱と上野の方へ向って歩き出した。別れた主人公の齋藤達雄や内儀さんや九〇七号の顔だけが、眼先きに散ら付いて来る。

一瞬あの男はあんなバカなことをいって、若しかすると素姓を知ってる俺があすこにいるのが邪魔なばっかりに、口から出放題を企《たく》らんで俺に暇を取らせてしまおうとする魂胆ではなかったのか？　と疑念がムラ〲と頭を擡《もた》げて来た。

　そうでなければあんな重大な秘密なぞを、軽々しく俺に打ち明ける筈がない。監獄にいた時からそう思っていたが九〇七号という男は悧巧な男であった。その悧巧な男が前科者で用心しなければならぬ俺に、あんな打ち明け話なぞをアケスケにするわけがない！

　信用すべからざる前科者の口車にまんまと乗せられて、折角の働き口をフイにしてしまった大バカ男！　と自分を嘲笑しようとして、不図その時私の頭に泛《※うか》んだのはある時借りた小説を返した時にクレール嬢が、――モーリエル商会のあのジョーゼット・クレール嬢がしみじみとこんな話をしてくれたことであった。何んでもその小説は、猛烈な夫婦の口喧嘩から遂に破綻に至る迄の顛末を取り扱った小説だったと覚えている。

「まだ結婚もしないわたしがこんなことをいって、お笑いになっては困りますけれど……わたしこの小説を読んでつく〴〵犬の動作を思い出しましたわ。ね、ほら、犬に棒を投げ付けると犬は投げた棒にばかり飛びか丶って、肝心の棒を投げる人間には食い付きもしないでしょう？　だから人間は幾らでも投げ付けることを止めはしませんわ。この夫婦だって犬と同じですわ。……そんな妻のいった言葉の端にすぐコダワラナイデ、相手がなぜそういうことをいったのか？　自分に善意でいったのか悪意でいったのか、それを考えて見ることが一番大切《だいじ》だと思いますわ。そうすれば妻は悪意でいってるんじゃないんですもの、怒る処なんかちっともありゃしませんわ。相手に悪意がないのなら言葉はどんなに不愉快でも、許してしまえばい、じゃありませんか！……こんなことみんな笑って、平和に済んでしまうじゃありませんか。でも、そうしたら貴方やわたしの読む小説は、なくなってしまうかも知れませんけれどね……」

と笑い出した。

「でも、そうしたら世の中の喧嘩なんて、大概なくなってしまいますわね、ＭＲ・タチバーナはどうお考えになる？」

もと〳〵この人は考え深い落ちついた人であった。やっぱり教養のある、瑞西《スイス》の婦人なぞというものは、文学的というよりも基督教的なものの考え方をするもんだなとその時もしみじみ感じたことであったが、不図今その時のクレール嬢の言葉が思い出された。

相手は善意でいったのか、悪意で企らんだのか？

……やっぱり九〇七号は私を出すための悪意なぞでいったのでは、絶対微塵もない！

……始めて私に逢った時のあの懐かしがりよう……女なぞには眼もくれず下男風情の私を蔭になり日向《ひなた》になりして労《いたわ》ってくれたあの顔……あの姿……そして人に不審を起されぬよう煙草を買いに来たような顔をして、私との別れを惜しんでいたあの淋しそうな眼……淋しい笑い……九〇七号の真実が脈々として私の血管に伝わって来る。

「やる〳〵！　九〇七号は確かにやる！」

戦慄が突然私の背筋を走り抜けていった。

やれば忽《※たちま》ち危なくなって来るのは私の身の上であった。共犯とは見ない迄も、九〇七号の行方を探知するためにも、警察は全力かけて私の所在を捜索し始めるであろう。

学歴詐称……保証人捏造……いい難い胸騒ぎを感じた。スグどこかへ身を隠さなければならぬ。

葉書を買って私はスグ眼の前のミルクホールへ飛び込んだ。そして鉛筆を舐《な》め〱芝南佐久間町何丁目何番地神鞭《こうむち》はな様と宛名を書いた。ウソを吐《つ》くのはイヤだから住所を書かずにこっちの名前だけ書いた。

恥ずかしいから今日迄黙っていましたけれど、実は私は前の勤め先きを止めさせられて、それ以来住み込みで働いています。名乗れるような処へ勤めましたら、一度お伺いするつもりですが、御迷惑をかけていた部屋をお返しいたしますから、どうか先々月と先月分の間代は蒲団古洋服その他私の持ち物一切売り払って当てて下さい。御迷惑をかけて済みませんでした。

クレール嬢のくれた『自助論《セルフ・ヘルプ》』はポケットに入れているのだし他にはどうせ碌なものはないのだから、何一つ惜しいと思うものもない。監獄を出る時貰った作業賃が一年分で三十円ばかり、それに監獄で保管していてくれた私の鉄道の最後の俸給が三十円ばかり、その六十円が東京へ来る時私の持っていた財産のすべてであった。

十円汽車賃に使って、残りでモーリエル商会へ入って立てて来た身の上であった。仕方がない、ハダカで東京へ来た身体《からだ》だから亦もう一遍生れ換った気で、働き直そうとライスカレーを食いながら考えた。

とも角斯《※こ》うして二階借りの縁を切ってこれからどこかへ行って働いていたら、いくら警察で探しても私の居処はわからないだろう。たとえ九〇七号が何か仕出来《しでか》しても私は犯罪に関係のない人間なのだし、その内には警察も諦めて私の居処を探さなくなるだろう。

葉書をポストへ入れてサバ〳〵した身軽さを感じた。上衣だけはシャンとしているが、捲り上げて三助と拭き掃除をしたから、クチャ〳〵になった洋袴《ズボン》と皺だらけのワイシャツと……苦笑して私はネクタイを毟《むし》り取ってポケットへ突っ込みながら、黒門町の黒焼屋の隣りの、第一に眼に付いた口入屋の暖簾《のれん》を潜《くぐ》った。ちづか屋の十分の一位の小さな店であったろう。

「さて、どこがいゝかな?……お、こんなのがある、今申込んで来たばかりですぜ」

とオヤジが私の風体をジロ〳〵見ながら、帳面を開いた。

「伝通院前の洋食屋……出前持ちだがね、給金は二十円……どうだね? 大きな洋食屋だよ、行きなさらんか?」

「いゝです、いって見ましょう」

「バカにアッサリしたもんだな。いゝかね? もっと調べて見なくても」

とオヤジは呆れ返ったが、もうどこでも構わんのだ、今の私には、この身装《みなり》で勤まる処ならどこへでもいって一カ月でも二カ月でも忍んでいたら、九〇七号が事件を惹き起しても面倒なことも降りかゝるまい。

行った家《うち》は小石川の伝通院の中の石川洋食部という大きな洋食屋であった。四五人のコック達がコック帽を横かぶりにしてジュウ〳〵膏《あぶら》を立てながら肉を焼いている。五六人の出前持ちが出前箱を抱えながら出たり入ったりしている。

この二三町先きの電車通りに石川牛肉店という大きな肉屋があって、そこで経営しているのだぞうな。表から入った処に一寸した庭があって、庭に面して五六組の客が靴穿《ば》きの儘食えるような広場もあれば、二階で胡坐《あぐら》を掻いて食える部屋もあるらしかったが、私は出前持ち見習いで裏から入ったから一切わからぬ。

「そうか……書生さんか、しばらく働いて見ようってのかね、よかろう、一つやって見るか?」

もうこゝ迄ズリ下ってしまえば、学歴がどうとか保証人がどこにいるとか、そんなシチうるさいことなぞは何んにも聞かぬ。たゞ出前のチョックラ持ちさえしなければ、それでいゝのである。

「じゃ、その辺で休んでて……みんなに仕事のことでも聞いとくがいゝ」

「トンカツ三人前……表町《おもてちょう》の柴田さァん……」

オーライ、トンカツ三丁!　とコック場の方から返事が聞える。

「第六天の三岸さァん……テキ二人前メンチボール三丁」

オーライ三丁！　と亦コック場から聞えて来る。料理場から膏の匂いが立ち込めて、時分時《じぶんどき》だから引っ切りなしに電話がかゝって来る。随分繁盛であった。

「じゃ、おい……今度は近いからお前廻って来な！」

出前の先輩に教えられて箱をブラ下げてヒョコ〳〵と出かけてゆく。出たり入ったり、亦出て帰って来たかと思うと、又次の箱をブラ下げて幾度何十遍毀《こわ》れかゝった伝通院の門を潜ったかわからぬ。歩き廻ってる内に日が暮れて、何を食ったか夢中で晩飯を掻っ込んで、夜亦一頻《※ひとしき》り出前を持って飛んで歩く。草臥《くたび》れたわけではないが、よくも日本人はこんなに洋食ばかり食うもんだと呆れる位、そこら中から滅多矢鱈に註文が来る。

忙しさが済んで四畳半の部屋で、やっと寝《しん》に就いたのは十二時一時過ぎであったろう。その猥雑なこと話にならぬ。飯田橋の連れ込み宿とは亦違った風景である。

狭い部屋に五六人も雑魚寝《ざこね》をして、足の踏み場もない。その時分からノコ〳〵湯へ出かける奴、頭を蜻蛉《とんぼ》のように光らせて、どうせ女の処へでも行くのであろう、出前持ちの癖に背広に着換えて小唄を唄いながら出て行く奴、女の話をして悦に入ってる奴、馴染みの女郎か何かを電話口へ呼出して、デレ〳〵といつ迄も歯切れ悪く長話している奴、ガヤ〳〵してワン〳〵してムン〳〵して、喧《やか》ましくて喧ましくて眠られるものではない。隅に横になって『自助論《セルフ・ヘルプ》』を読んでいたら、

「おい！　コックさんが呼んでるぞ、いって来な」

と知らせに来た奴がある。大抵のコックの引揚げた後の、ガランとした料理場に肥った三十二三の意地悪そうなコックが、酒でも飲んだのであろう、ドロンとした眼をして側に二三人、帽子を横ッチョかぶりした若いコックが控えの武士然として、肩肘怒らせている。

「おい手前《てめえ》か？　今度来た三下《さんした》は？」

突っ立っていたら、

「手前、さっき来た時俺達に挨拶したか？」

「ついうっかりして、まだ……」

「大体手前は生意気だぞ！　大学へいったか何んだ知らねえが、えらそうな本なんぞ読みやがって」

と手に持っている自助論に眼を付けた。

「大学へ来たんじゃねえんだからな、出前持ちになったら出前持ちらしく、挨拶てえものがある筈だ」

「済みませんでした」

「たゞ済みませんじゃ済むめえ？」

「おい……頭を刈れ、出前の癖に頭なんぞ延《のば》しやがって、頭の毛を切っちめえ！」

と脇の若僧が口を出す。

「おい新さん、勘弁してやれよ、今日来たばっかりだから、亦こっちでもよくいって聞かせるから」

と風呂から帰って来たらしい支配人《マネージャー》が脇から取り做《な》してくれた。

「ようし、生れ損い！　今度俺達をバカにしやがったら、たゞは措《お》かねえぞ。性根を叩き直してくれるからそう思え！」

やっと放免されて帰るあとからドッと笑い声が起った。支配人の窓の下を通る時に涼んでいた支配人が、

「何んといわれても、ま、我慢をしてな。仕事を覚えるのが第一だからな」

と慰めるように声をかけてくれた。気の荒いコック達を持て余してるようにも見える。又横になって自助論を開いたが、もう読んでる活字が何んにも入って来なかった。たゞ今朝別れた九〇七号の顔だけがちら付いて来る。

十二

コックなぞは謝まっていれば済むから何んともないが※翌《あく》る日は困った。

「今日はお前、一ツ橋へ行ってくれないか」

と支配人《マネージャー》にいいつけられた。商大が国立《※くにたち》へ移らずにまだ一ツ橋にあって、高商と呼ばれている頃であった。こゝの洋食部が高商の中へ昼飯の食堂を出しているから、そこへいって手伝えというのである。私にとってこれは大事件であった。私だけはグレテしまったが、私の昔の同級生達は一高へ入ったのもあれば、その頃の高工今の工大へ、入ってるのもある。高商へ入った友達も四五人位はあったであろう。それ等がまだ例の商業神《マーキュリイ》の徽章を付けて在学してる筈であった。

そこへ何んぼ何んでも、こともあろうにコックにドヤサレ〳〵、カツを運んだり、ライスカレーを運んだり惨めな姿が晒されますか！　というのである。とても私には我慢がならぬ。いっそのこと止めてしまおうか？　と思ったが、四十恰好の支配人は洋食屋のオヤジにも似ず温和《※おとな》しそうな優しい人であるし、昨夜《ゆうべ》もコックをなだめて労《いたわ》ってくれたし何んとなく好感の持てる人である。こんなこと位で止めてしまうのも残念な気がするし……

思案している裡《うち》に支度はどん〳〵進んでいる。皿や鍋や丼《どんぶり》やフライパン、肉、野菜類を車に積んで曳いて行くのである。まだ正式に食堂を開いているのではないと見えて、毎日搬《はこ》んでいったり搬んで帰ったりするのである。

四十二三の気の弱そうな無口な、その代り腕も大してなさそうなコックが親方として一人、昨夜《ゆうべ》頭を光らせて女の処へ出かけていった、二十五六のイヤにべたべた〳〵した古顔の出前持ちが一人、それに私との三人であった。

「おい、たちはなクン」

とどこで覚えたのか、この出前持が先輩面《づら》をして頤《※あご》をシャクル。

「君、車を曳き給え！　僕達が後押しするから」

洋袴《ズボン》を捲り上げて梶棒を握って、ガラ〳〵と富坂を降りて春日町から水道橋神保町と抜けて、一ツ橋へ出る。

昼前だから学生はまだ教室で勉強しているのであろう。構内は森閑《しいん》と静まり返っている。そのひっそりとした構内をグル〳〵と車を引っぱって、端《はず》れのガランと空《す》いた講堂見たいな中へ入り込んで、その一角でコックが鍋を仕掛けてカツでもフライでも揚げる準備をしている。その辺の積み上げられた椅子や机を降ろして腰掛けを按排《※あんばい》して、白布を掛けて急造の食卓を拵える。

「こ、へ廻されたのは仕合せだよ君、店にいたらとても食えんようなカツやコロッケが鱈腹《※たらふく》食えるんだヨ、余るからネ。君、支配人に感謝せにゃいかんヨ」

と腹の底から出前持ちになり切っているらしいベタ〳〵君が教えてくれる。

「おい、そっちの端《はじ》をもっと引っ張って！　そこん処が皺だらけじゃねえか、さ、こいつを冠《かぶ》って、今日だけはほんもののコックさんだヨ」

と白い上っ張りとコック帽を抛《ほう》ってよこす。上の空で支度をして、やがて一隅ではジュウジュウ油が煮えたぎって、さあいつでもござんなれ、とばかりにコックが手グスネ引いた時分にガラン〳〵と鐘《ベル》が鳴り渡って、校庭にどっと学生が溢れ出して来る。

向こうに一団こっちに一かたまり、黒い制服姿が三々五々こっちの方へ向かって来るのを見ると、もう堪らん！　学生の姿の見えぬクローバの繁った校庭の反対側へと、私は逃げ出した。

「おい〳〵どこへ行くんだい？　君々、たちはなクン！」

たちはなクンもクソもあるものか！　コック帽を揉みくしゃにしてポケットへ突っ込んで、上っ張りを丸めて小脇に抱えて、夢中で校門を飛び出した。

美土代町の電車通りから小川町の裏通りへ抜けて、それから二時間位どこをどう歩いたか覚えがない。たゞ時間ばかり気にして店屋の時計ばかり覗き込んでいた。いったん連中の処迄戻って、車を曳いて帰ってから支配人に謝まろうかと思ったが、どうせもう馘《くび》だろうと考えたらバカ臭くて、車なんぞ曳く気になれん。

いつそこの儘亦周旋屋へいって新しい口を探そうかと思ったが、今の私の一番大切《だいじ》な『自助論《セルフ・ヘルプ》』を部屋の戸棚の中に置いて来てしまった。それと困ったことには上っ張りとコック帽を抱えている。

持ち逃げしたと思われるのは困るから、どうせ返しに行くのなら俺の方が悪いんだから、あの親切な支配人に謝まるだけは謝まって店を止めようと、度胸を決めて電車に乗って伝通院へ戻った。

まだ誰れも一ツ橋から帰っていない。

「お、どうしたんだね、どこへいってたんだね？」

と逸早く私の姿を認めて支配人が聞く。

「向うから電話がか丶って、どっかへいっちまったから代りをよこせというからネ。スグ代りをやったんだ。フム……フム……そういうわけだったのか、話はよくわかったヨ。そんならそうと始めに断ってくれれば、何も無理に行けとは言やせんのに。い丶よ〳〵、君は正直にそう言って帰って来たんだ。あの連中にはわたしからよくそう言って置くから、君は働いていればい丶さ、時に飯はどうしたい、まだだろう？」

まだだけれどももうこの親切な支配人には胸が一杯でこの上昼飯を食わせてくれとはいい出せぬ。方々から電話がか丶って、立て混んでるというからお詫び心に出前を持って、汗みずくでその辺を飛んで歩く。

やがて高商の連中が帰って来た。無口なおっさんコックはジロリと人の顔を睨んだ儘、料理場へ入ってしまったが、

「あら〳〵君、どうしたの？　黙っていなくなっちゃ困るじゃないか、どこへいったのさ、君！」

とオッチョコチョイのベタ〳〵先輩が駈け寄って来る。

「い丶んだ、い丶んだ、話はわかったから、わたしからよくいっといたから」

と支配人がなだめてくれる。

とも角二時間余り姿を晦ました詫び心に、昼飯抜きでへと〳〵になる迄、出前を下げて歩いた。

四五人いる出前持ちが引っ切りなしに自転車で出たり入ったりして、今度は少し休めるかと汗を拭き〳〵戻って来ると、途端にハンバーグ二丁、チキンライス一丁上りィと来る。そのハンバーグステーキを届けにいっている間に支配人はコックをなだめて置いてくれたのであろう。が、それでも納《おさま》らぬと見えて、私が戻って来るとさすがにおっさんの声はしなかったが、

「大体《でえてえ》あん畜生は生意気でえ！　来る早々からフザケた真似をしやがって！　それほど出前持が恥ずかしいんなら、頼みもしねえになぜ出前に入《へえ》って来やがったんでえ」

と昨夜のコックの声が筒抜けに耳を打って来る。何んの悪いこともしないのに、なぜアイツは人ばかり眼の仇《かたき》にしやがる！　と思ったら気持が煮えくり返って来た。

顔を挙げて見たら肉切庖丁片手に意地悪そうな眼が、こっちを睨んでいた。素知らぬ顔をして又次の出前をブラ下げたら、

「あれじゃ石川の料理が泣いちまわア、お姫様見てえに、歩いてなんぞ出前を持って歩いちゃア！」

と例のベタ〳〵がわざと支配人に聞えよがしに悪態を吐《つ》く。途端に嚇《か》っと頭に血が上った。黙って側の自転車を引き寄せて、出前片手にフン跨《またが》る。ペダルを踏んで、乗れば自転車だって乗れるぞ！　と威勢を示した迄はいゝが、これが飛んでもない失敗《しくじり》の基であった。

乗れぬことはないが重い箱を片手にブラさげて、片手でハンドルを握るなぞという器用な芸当は、

したことがない。あっちに蹌踉《よろ》けこっちに蹌踉け今にも落《おっ》こちそうで危なくて仕方がない。ワァーッと到頭、出前を下げた片手もハンドルへ持って行く。

ガタ〳〵ゴト〳〵と大きな出前箱は縦横無尽に躍り上る。皿の汁《つゆ》も何もコボレテしまったのであろう。

何種類一体入ってるのか、亦バカげて重い出前であった。おまけに電車道を突っ切るとスグ坂道になって、小石川のあの辺は無暗やたらに石礫《いしころ》坂ばかり多い処である。清水谷町……茗荷谷町……小日向台町……ガタン〳〵と自転車が砂利に乗り上げるごとに、気が引ける程出前箱が大震動して、薄《うっす》らと暮れか、った急坂を今度は出前片手に、自転車を押してゆく。

ワン〳〵ワン〳〵ワン！　と出し抜けに大きな犬が咆《ほ》※えついた弾みに、ガチャン！　と箱を取り落してしまった。

叱々《しっ》と犬を追っ払って置いて蓋をあけて見たら、中のわっぱが外れてビフテキだかカツレツだったか地面《ぢべた》へ転がり落ちた。急いで泥を払《はた》いて……といってもベットリとクッ付いて落ちぬから舐めて舌で拭き取って皿へ押し込んだが、箱の中じゅう煮汁がこぼれてピチャ〳〵に波うって花野菜《カリフラワー》が転げ出してトマトとポテトーが飛び出して、惨憺たることであった。手で抄《しゃ》くって適当に皿に按排して見たが、とてもこれでは客に出せぬ。

二度ばかり家を聞き〳〵やっと辿り着いたのは、石の門構えの、蓊鬱《こんもり》とした植込みの邸《やしき》であった。

小門を潜ると同時に、待ち草臥《くたび》れたように小肥りの老婦人が、

「石川かい？　遅かった遅かった……どうしたの、お前！」

と駈け出して来る。

「どうしたんだえ？　お前、さっきから二度も催促をやったんだよ、お客様がお帰りになってしまうじゃないか、清《きよ》ややっと来たよ、出前が替ったんだとさ！」

若しこれが明るい電灯の下だったら、恐らく清は受取ることを拒否したであろう。が、もう真っ暗に暮れて、おまけに広い台所の電灯を背にした薄暗がりで、知らぬが仏の清は犬の食い荒したような皿の幾枚かを、積み重ねた儘私から受取らされる。

空箱をブラ下げて私は脱兎の如くに逃げ出した。

今度は空身だから全速力《フルスピード》で自転車を走らせながら、もう駄目だと観念した。

あの皿を明るい電灯の下へ持ち込んだが最後、泥や砂だらけの汁気なしの西洋料理には呀《あ》っとばかりに主客共に腰を抜かしてしまうであろう。いくら支配人が庇ってくれても、もう駄目だ！　と私は観念した。よくいって支配人が謝まりに行くか、悪くすればお出入り禁止は必定である。早く〳〵向こうから厳談の来ない内に『自助論《セルフ・ヘルプ》』をポケットへ入れてしまわなければならぬ。

「お前、高等師範の先生のお宅はわかったかい？」

と出逢い頭に支配人が声をかける。

「ハ、わかりました」

と私は汗みどろで答えたが高等師範といえば今の文理大……そこの教授の家だったそうな。が、教授もクソもあるものか！

自転車と出前箱を置くとスグ私は、押入れの『自助論《セルフ・ヘルプ》』をポケットへ入れた。

コック部屋へ入っていく。五六人のコックが油の煙りを挙げて、こゝを先途と肉を炙《あぶ》っている。例の肥ったコック奴《め》は、フライパンの上で牡蠣《かき》フライを宙返りさせている。

「挨拶しないと叱られましたから、挨拶に来ましたが……」

「………」

仏頂面をして面食らったようにコックが、眼を瞠る。

ドスンと一つ、思い切り一杯鳩尾《みぞおち》の下へ突きをくれてグウと下っ腹を抑えた拍子に、ピシャリと横っ面《つら》へ！　ついでに一人隔《お》いた隣りの、頭髪《あたま》を切っちめえと吐《ぬか》した若僧の横面《よこずっぽう》も一つ。

「これが挨拶だい！　わかったか！」

と呶鳴《どな》った時には私は、横っ飛びに五六間先きを逃げ出していた。

「ち、畜生！　やりやがったな、ほら、そっちだ、野郎物置きの方へ逃げた。畜生畳んじめえ！」

コック場の中は、蜂の巣を突ついたような騒ぎになった。バラ〳〵ッと殺気だった三四人が追っ駈けて来る。何んだ〳〵と、出前持ちが飛び出して来る。掴まったが最後、この牛《ぎゅう》切りや豚切り共に苛《さいな》まれて、半殺しの目に遭わされるのは必定である。逃げて〳〵まっしぐらに富坂を駈け降りて、電車通りを壱岐坂下迄息もつかずに駈けて来て、縁日でゴッタ返している人混みの中に紛れて、やっと吻《ほっ》とした。

腹が立ったらドヅイテしまえ！　なぞとは『自助論《セルフ・ヘルプ》』に書いてない。ついウッカリして忘れてしまったのである。

閊《つか》えていた溜飲はこれでスッカリ下ったが、教授の家から尻を持ち込まれたり後でコック共に囲まれてあの温和しい支配人がさぞ困ってるだろうと思ったら、涙を零《こぼ》して詫びに行きたい程胸に迫って来るものがあった。が、行けばコック共に半殺しに遭わされるから止めにした。

十三

服装《みなり》に気が退《ひ》けたからその晩は到頭、富川町迄いって木賃宿に泊った。大道香具師《やし》、蝦蟇《がま》の油売り、虚無僧の尺八吹き、通行人に頭を下げている数寄屋橋の乞食の一組位いたかも知れぬ。そういう連中と混《こ》みで一間にゴタ〳〵と寝て、コックをドヅイテ胸のスッとしたような、支配人《マネージャー》に済まなくて胸のどこかがモヤ〳〵しているような、妙な一夜を明かしたことであったが、木賃宿へ泊ったばっかりに枕許に置いた上衣を、到頭盗まれてしまった。

上衣の方はまだい、が、隠しに入れて置いたしの、めで貰った虎の子の十四五円の金を、一緒に持ってかれてしまったのには、実に途方に暮れた。持ってる金といっては洋袴《ズボン》のポケットに入れてる僅か二円ばかりの金……これが天にも地にも唯一の財産となった。

たった十四五円の金を警察へ訴えたからとてどうにもならぬであろうが、今の私も亦警察へ持ち込める身の上ではない。しかもその持ち込めぬ金が、死ぬか生きるか私の死命を制する大金とあっては、まったく途方に暮れざるを得ぬ。

息苦しい木賃宿がつく〴〵怨めしくなって、朝早く飛び出して墨田河岸のベンチで上衣もないウソ寒い身体《からだ》を、川風に吹かれてぼんやりしていたが、何げなく買った朝の新聞に眼を晒した途端、金を奪《と》られたことも上衣を盗まれたことも忘れて、思わず眼をしばた、かずにはいられなくなって来た。新聞には斯《※こ》ういうことが書いてある。

昨夜《ゆうべ》八時頃千住大橋の上をパタ〳〵と逃げて行く男がある。後から三四人の男が追い駈けて行く、男は橋の中程迄追い詰められて来たが逃げられぬと見ると、そこに土下座して追って来る男達に向って、両手を合わせて伏し拝んだ。

そして次の瞬間ドブンと水音高く、墨田川の中へ身を躍らせて沈んでしまったというのであった。この哀れな男は橋の袂の駄菓子屋で、大福餅をガツ〳〵と三つ四つ夢中で平げたが、最後の一つを頬張ると矢庭に逃げ出した。

駄菓子屋のオヤジや通行中の弥次馬が後を追ったのであったが、調べて見るとこれはどこそこの裏長屋に住む何んの某《なにがし》という失職中の、四十幾つとかになる監獄から放免されたばかりの前科者で、家には三人の子供を抱えた妻女が途方に暮れている。因《ちなみ》に今朝迄はまだ屍体は上らなかったという新聞記事なのであった。

たった四つばかりの大福餅の金が払えぬばっかりに、手を合わせて死んで詫びをした哀れな男！　勿論、その心の裏には、前科があって大福餅の無銭飲食をしたら、再び監獄へ行かなければならぬことを恐れる気持も、動いていたのであろう。

読んでいる裡《うち》からポロ〳〵ポロ〳〵止め度もなく涙が溢れて来て、止まらなかった。もうこれは他人事《ひとごと》ではない、やがて私の上へも臨んで来る退《の》っ引《ぴ》きならぬ運命である。一体この男にどうして詫びをするつもりだ？　と人の情《なさけ》を知らぬその駄菓子屋のオヤジと、弥次馬達に※呶鳴《どな》り付けてやりたいような怒りが込み上げて来る。が、この連中とて、まさか大福四つで川へ飛び込むとも思わなかったであろうし……とも角哀れで〳〵、私はベンチに※凭《もた》れてその一つ記事ばかり、幾度も〳〵読みながら涙を押し拭った。

可哀そうなのはこの男ではない、俺の方がもっと可哀そうだ。木賃宿に泊って着る物がなくて、川風に震えて明日からの生きる金さえないではないか！　といくら自問自答して見ても、それでも可哀そうさが止まらない。行って哀れなその男の魂を慰めてやらぬことには、働き口一つ探す気にもならなければ、何する気にもならぬのだから仕方がない。

到頭自分の身の程も忘れて、千住大橋迄いってその男の魂を弔ってやることにした。いゝや、その男を弔いにゆくのではない、私には何んだか、飛び込んだのが私自身であって、それをもう一人の私の方が慰めに行くような気がした。

橋の手前に花屋があった。その花を売ってくれ、といったらこの人足めと人の風体をジロリと見て、

「一円だぜ」

お前《めえ》に払えるのかといわんばかりの顔をする。

「二十銭ばかりでいゝよ」

といったら、ほらよ、と萎《しお》れた菖蒲《あやめ》を二本くれた。橋の真ん中迄行って抛《ほう》り込む時に手を合わせて拝もうと思ったが、胡乱《うろん》そうに通行人が見てたからその儘《※まま》戻って来た。哀れな前科者を呑んだ川の面《おもて》は、不気味なドス黒さを湛えて日本中の前科者みんな飛び込めとばかりに、水勢滔々として渦巻き返している。帰り際に駄菓子屋のオヤジを思い切り睨み付けてくれようと思ったが店がみつからなかった。

それで気が済んだから、どっかの口入れ屋へ行くつもりで電車に乗ったら、その電車の中で隣りの人の読んでる早版の夕刊に眼をやった途端、ハッとして思わず息を呑んだ。やったやった！　九

〇七号が到頭やってしまったのであった。が、何んという無慚《むざん》至極なことをしたものであろうか！悪番頭の主人殺しと冒頭《みだし》が付いている。

　あの、主人の齋藤達雄を、到頭殺してしまったのであった。夢中で電車を降りて、買った新聞を持ってその辺の公園へ入り込んだ。何んという公園か、今では忘れてしまったが、或いは公園なぞの施設ではなく、たゞ、樹を植えてベンチを置いただけの広場だったかも知れぬ。三輪《みのわ》か三河島二丁目あたりの、混《ご》み〳〵した電車の停留所前だったと覚えている。

「今暁三時頃飯田町三丁目何番地、料理旅館業しの、め品田友吉（三十八歳）方へ覆面の賊が忍び入り、奥六畳茶の間の金庫内を物色中、主人夫婦が眼を醒まして泥棒と騒ぎ立てた。主人が背後《うしろ》から組み付くと賊は無言の儘持った出刀庖丁で友吉の左胸心臓部を突き刺し、倒れるのを見澄まして金庫の在中金を掻っ攫《さら》って逃走した。友吉は最寄り女子医専の附属病院へ担ぎ込まれたが傷は左心室壁穿孔のため午前四時二十分絶命した。急報に接し警視庁捜査一課より多羅尾課長以下出動、所轄神楽坂署に本部を置き、捜査を開始したが同家事情を知るものと推定、妻女絹（二十七）の申立てによる賊の丈恰《せい》好その他まったく同家番頭佐藤勇策（二十三）と符合し、その日以来同人が失踪したことと睨み合わせて当局は犯人を同人と見做して、目下極力行方厳探中」

　私は眼を疑った。まさかに……まさかに九〇七号があのオヤジを殺そうなぞとは、夢にも予期しなかった。眼を瞠って鷲掴みにした新聞を、二度も三度も繰り返して貪り読んだが、新聞には、これだけのことしか書かれていない。冒頭は三号活字で報道されながら、記事は僅か十数行に過ぎぬ処を見ると、厳探中のためまだ当局が詳細の報道を許さぬのか、さもなければ私には大事件であるが、東京市中にはこれ位の事件はそう珍しくないため、大きく扱わないのか、いずれにせよ私に取っては魂も身に添わぬ、大事件であった。

読んでも〳〵読み足らず、頭が茫として見てる活字の一つ〳〵が、離れ〳〵のてん〴〵ばらばらになってしまう迄、私は眼を晒していたが、殺されたしのゝめのオヤジが可哀そうで、いても立ってもいられぬ気持がする。金だけを奪うのならとも角も、なぜあの人を殺したのか？　あんな小さな子供迄あるいゝ人を！　謝まれ〳〵、手を突いてあの人の前に謝まれ！　とじだんだ踏んで九〇七号を引き摺って来て、土下座させて踏み躙《にじ》ってくれたいほど腸《はらわた》が煮えくり返って来る。……

しかも私は九〇七号の一味であった。まさかに殺すとは夢にも思わなかったが、九〇七号の悪の企《たく》らみを知りながら、自分だけの胸に仕舞い込んでいたから、この殺人の一半の責任は負わなければならぬ犯人の一味である。あの時私さえ一言オヤジかお内儀さんに洩したならば、或いはオヤジは助かったかも知れぬ。……しかしそれは不可能なことであった……。

胸がドキツイテ息苦しくなって来た。そして私には何んの関係もない事件でありながら……よしんば警察へ引っぱられたからとて、何んの疚《やま》しいこともないとは思いながらも、何か追い詰められてるようで、じっとしていられぬ気がする。さりとて、どうしたらいゝかわからぬし……。一つ個処ばかり読んでいて、人から不審を打たれてはいけぬから、新聞を膝に置いて私はベンチに凭れていた。が、あんまり胸がドキ〳〵して、息苦しいから又起ち上った。

さぞ今頃しの、ゝめでは、上を下への騒ぎをしているだろう。あの優しいお内儀《かみ》さんが、子供を抱えて歎きに沈んでいるだろうと思うと、亦私は頭を掻き拗《むし》りたくなって来た。縁もゆかりもない前科者のためには花を持って千住大橋迄行きながら、世話になった主人と名の付く人の死に逢いながら、線香を上げに行くことも出来なければ、あのお内儀さんの処へ見舞い一つ行くことも出来ぬ犯罪者の一味……

佐藤の九〇七号はまだ東京にいるのだろうか？　それとももう捕まってるのだろうか？　頭が茫として筋道だったことは何んにも考えられぬ。たゞ早鐘を突いたように、絶え間なく胸がドキ〳〵しているばかりであった。

そろ〳〵薄暗《うすやみ》の迫って来たその辺の物蔭で野外伝道であろう、救世軍南千住小隊とかいた提灯を持って、制服の男女や信者らしい一団が円陣作って、祈りや説教をしている。聞いてるでもなければ聞かぬでもなく、廻りを人々が取り繞《ま》いている。どうせこんな場末の町だから、どれもこれも眼付きの悪い浮浪者か、グデン〳〵に酔払った人夫体《てい》の男、赤熊《しゃぐま》のような髪をした内儀さん連中ばかりであった。

今日はもう口入れ屋へ行こうという気にもならないし、木賃宿へ行って寝るには時間が早過ぎるし、行く処がないからぼんやりと立っていた。祈りが済んで、空々しい悔い改めの告白が済むと、一群は亦声張り挙げて救世軍の軍歌を唄う。太鼓が鳴って喇叭《※らっぱ》が鳴って……突然私は耳寄りな話を聞いた。斯ういう地帯は場処柄免囚者も多かったのであろう。

「皆さん方の内には、今日《こんにち》に悩んでいられる方もありましょう。いらっしゃいませ、この先き山王社横の救世軍小隊へ！　どんな御相談にでも乗ります、御遠慮は要りません。そして今日に行き暮れていられる免囚者のためには、牛込赤城下町に無料宿泊の保護施設があって、どなたでもお泊めしております。まだ信仰にお入りにならない方でも御遠慮は要りません。さあ〳〵、どうぞいらっしゃい！……信ずるもうのは誰れえも、みいな救われんブウカブウカドン〳〵」

と伝道を終えた一隊は軍歌を唱えて帰って行く。い丶ことを聞いた……！　牛込赤城下町の救世軍の免囚保護無料宿泊所……ようし今夜はそこへいって、泊めて貰おう！　木賃宿に泊るにも心細かった私は、即座にそう決心した。安い木賃宿のありそうな処を選んでわざわざ町屋の火葬場裏手迄来たが、亦電車に乗ってスグ牛込迄行くことにした。

そして茫として何んにも考えられぬ頭で、人に道を聞き〳〵夢遊病者のように、赤城下町の救世軍の免囚無料宿泊所へ辿り着いたのは、その晩何時頃であったろうか？

十四

木造のひっ傾《かし》がって、燻《くす》んだような二階建て、そこで私に逢ってくれたのはこゝの主任の寺田大校という、質素な救世軍の制服を着けた士官夫妻であった。肥った四十五六の人、奥さんも小学校の古手の女教師のような感じのする人。が、二人とも感じの悪い人ではない。たゞ身のこなし言葉の端々に、救世軍式の信仰を存分に見せている人である。

「どういう動機で、貴方は、こゝへ来る気になりましたか?」

木賃宿へ泊まろうと思っていましたら、野外伝道があって、それを聞いていましたら、無代《たゞ》だといわれましたから……泊めて戴こうと思って来ました。

「職業は?」

今晩泊めて戴いたら、明日《あした》は口入れ屋へ行って、探そうと思っています。

「神様をお信じか?」

いるようないないような……まあ、あんまり信じていません……。

「神様を信じないのはいけないネ。宜しい、お泊りなさい。多勢の人がいるから、何か大切《だいじ》なものがあったら、預けてお置きなさい。では、二階へいって、おやすみ。押入れの中に蒲団があるから、それを出して」

行き倒れになりそうな免囚を、無代で泊めてくれるだけの処だから、それ以上のことは何んにも聞かぬ。どこで罪を犯しましたか、どういう罪を犯しましたか？　なぞとは何んにも聞かぬ。大校というのがどういう階級か知らぬ。救世軍ではよく少校中校大校なぞというから、軍隊の大尉位の処ではなかろうか。二階へ上っていったら、廿畳位の広い部屋のぼろぼろ畳のあちこちに、小さな蒲団に包《くる》まって、既に無料宿泊の先輩クン達が、てんぐ〱ばらばら七八人位も、鮪《まぐろ》のように眠っている。押入れから床を出して、横になって、『自助論《セルフ・ヘルプ》』を読んでいたら、

「おう、新入り！　入《へえ》って来て、黙って寝ちまっちゃいけねえじゃねえか、挨拶するもんでえ」

と向うの端《はじ》から濁声《だみごえ》がかゝる。

「今晩お世話さまになります」

と起き直ってお辞儀をしたが、誰れもウンともスンとも、返辞するものもない。割烹旅館はともかくとして、洋食屋、木賃宿と汚ない蒲団にも寝つけたから今更驚くわけでもないが、さすがにここは、木賃宿にも泊まれない連中がやって来る処と見えて、その蒲団の汚ないことと来たら、論外至極であった。湿《しけ》っぽくて、膏汗《あぶらあせ》でネットリとして、異様な臭気がプウンとして……おまけに手足や腹のあたり……股《もゝ》……内跨《うちまた》……背中……何んだか知らぬが、ムズムズ〱〱全身が痒《かゆ》くなって来る。

痒いのと臭いので、我慢にも本なんぞ読んでいられない。先輩達もぼり〳〵ぼり〳〵身体《からだ》を掻きながら、それでも昼間の疲れであろう、強靭な眠りに陥っている。

「今夜一人来たってえんだがどこに寝てるけえ？」

と入って来たものがある。

日に焼けた三十五六の、ズングリとした人夫体の男であった。

「お前さんか？」

と側へ寄って来る。

「ハイ」

「今主任さんから聞いたんだが、まだ働き口がねえそうだな。どうでえ明日《あした》手伝ってくんねえか？　鶴巻町の植木屋の親方から、二人ばかり頼まれてるんだ、一日五十銭だ」

「いっても構いません」

「じゃ、明日五時頃、俺が呼びに来るから」

もう一人探すのであろう、男はいってしまった。これも亦簡単至極なものであった。これで明日の日傭《ひよう》の口が決まった。

臭い一晩を過した翌《※あく》る朝、この男に連れられて宿泊所を出る。途中で汚ない一膳飯屋へ寄って、飯と味噌汁で腹を拵えて、序《※つい》でに隣りで四十銭出して地下足袋を買ったから、いよいよ煙草も買えぬ位、懐中《ふところ》が欠乏して来た。

これも宿泊所の中で拾われたのであろう、私より二つ三つ年の多い、肥って相撲取のような大男が一人……それと俺のことは土州さんと呼びねえと、兄哥《あにい》振ってる昨夜の土工体《てい》の男と。鶴巻町の親方の家で、鋏を腰に挿した下職らしい植木職人が、三人待ち合わせている。やがて五十恰好の脊《※や》せた親方が姿を現わして、この一群がいよいよ親方に連れられて、四月末の払暁の、まだ家々の深い眠りに就いている通りを行く。

「おい、若《わけ》えの」

と親方が私に声をかける。

「お前《めえ》はどこだ、故郷《くに》は?」

「……群馬県です」

「そうか上州か!」

とそれでもうい丶らしい。

「おい上州の」

と次はもう上州で問いかけて来た。

「お前もやっぱり、救世軍《アーメン》に厄介になってるのか?」

「ハイ」

「何んだお前は、何をやったんだ?」

「……別段何んにも……」

「ヤイ〱白ばっくれんねえ、救世軍に来てやがって、今更隠したって追っ付くめえが」

親方が御下問になったんだ、早くお答えしろやい! とばかりに、下職共がワイ〱いう。

「奴は人を殺して、十年食らって出て来やがったんだ」

と下職の一人が土州さんと呼びねえの後姿を指ざして声を潜める。

「わかってらい、お前はコレをやりやがったんだろう」

と人差し指をカギの形に曲げた。

「ま、そんな処です」

と私は苦笑した。

「何年食らったんでえ?」

「三年ばかりです」

といゝ加減なことをいったら、

「いくらやったか知んねえが、三年食らっちゃ引き合わねえな」

と親方が感心する。

大男にも好奇心を起して、親方は何か聞いていたが、考え〱私は後から跟《つ》いていたから何んにも聞こえぬ。どこ迄行くのか知らぬが、随分歩いて行く。早稲田から面影橋へ出て雑司ガ谷から目白の通りへ出る。それから練馬街道をどこ迄も歩いて行く。歩いて歩いて、町並に沿ってやっと両側も広々と開けて畑のあちこちに農家が点在し出した頃に、その畑道を切れて、畦道《あぜみち》を突っ切って行く。

どこをどう歩いたのか、草蓬々《ぼうぼう》とした百姓家の裏庭へ入り込んだ処に、大きな老樹が葉を蓊鬱《こんもり》と繁らせている。これを掘り出すのであった。橅《ぶな》だか樫だか知らぬが……橅や樫はまさか庭木にもすまい。槐《えんじゅ》だか木犀《もくせい》だかもちの老樹だか、これを掘り出すのだから大変であった。

「ほれ、土州、右手へもっとシャベルを突っ込め。野州退《ど》け退け、手前《てめえ》は役に立たねい、上州！もっとその下を掻き出せ、バカ〳〵！　ぐんと力を入れるんでい」

親方が悪鬼羅刹《らせつ》の如くに癇声《かんごえ》を振り搾《しぼ》る。哀れや相撲取りの野州の如きは気息奄々《えんえん》として、肩で息して腹を大波のように波うたしている。

いつか國木田獨歩の小説を読んだら、乞食の仲間が相州だとか遠州だとか、生国の名前で呼び合ってる条《くだり》が出て来た。して見ると臨時人夫の日傭《ひよう》取り達はまるでこの親方から、乞食同様の扱いを受けているわけである。

おまけに親方は掛声をかけてるだけで、下っ端職人達は要領よく立ち廻って、泥まみれになって死物狂いの力を振り絞っているのは、人殺しの土州と相撲取りの野州と、上州の私と、五十銭欲しさの仲間ばかりであった。それでも二時間か三時間も格闘している内に、さしもの巨木もやっと掘り出すことが出来た。筵《むしろ》で根を包んで縄をかける。根っこが草鞋《わらじ》を穿《は》いて横倒しになった時には、上州も野州も上州も口がきけず、へとへとになって喘《あえ》いでいた。百姓家から借りた大きな荷車に積み込んで、がんじ絡めに縄をかけ終ると、

「一服やるか!」

と親方から亦声がかゝる。天気工合を喋べったり、どこかのお邸《やしき》の庭木の話をしたり、下職達と女の話をしていた親方の眼が、不図腰を降ろしていた私の上に留まる。と、

「おい!」

と声をかける。

上州といわれている間はまだいゝ方であった。お前《めえ》ともいわず、今度はいきなり手前《てめえ》であった。

「手前は煙草は吸わねえのか?」

「喫《の》みます」

「ねえのか? ほれ、一本やらア!」

とばかりに、その頃流行《はや》った口付きの敷島の袋の中から一本抜いて、ぽんと抛《ほう》ってよこす。地平《ぢべた》に転がって泥だらけになった奴を拾い上げた時には、煙草を貰ってうれしいよりも落魄《おちぶれ》切った我が身に、涙が零《こぼ》れるような気がした。

「さあ、ぼつ〳〵出かけようかの」

と親方が立ち上る。忽《※たちま》ち眼に留まって、私が一番体力があると見たのであろう。同じ五十銭貰ってるのに、

「おい、手前車を曳《ひ》け！」

この長い道中私だけは車力をして牛馬同様に、呻《うめ》かなければならぬ不運さであった。植木を搬《はこ》ぶ荷車だから……今ならさしずめトラックであろう、普通の荷車の中でも特別大きな車であったから、梶棒なぞは掌《てのひら》から食《は》み出す位幅が厚い。肩から胸へ廻すように頑丈な縄襷《なわだすき》がついている。その襷を掛けて梶棒を握った時は、もうまったくの車力であった。連中があとから押して、親が見たらさぞ泣くであろう。親方が啣《くわ》え煙草をして、私が車力に選ばれたと見ると、人殺しも相撲取りも急に勇気凛々と躍り出して来て、車の後押しをする。目白迄練馬街道を出て学習院前を亦雑司ガ谷へ降る……

「やい、やい、上州、どこを見てやがんでえ、確《しっ》かり抑えてろい！　梶が上ったら手前、頤《あご》を持ってかれっちまうぞ」

その雑司ガ谷もやっと降り切って……と思ったら亦だら〳〵と長い坂を登り始めた時には私はもう汗が眼に沁《※し》みて、身体中がクタ〳〵になって、まったく無我夢中であった。ゴウッと黒い影を落として、電車が傍《かたわら》を走り去って行く。学校帰りの小学生が、ガヤ〳〵と側を通り過ぎる。その一

切合切がもう眼に入らぬ。

二十騎町という停留所の脇を曲って、その辺の混《ご》み〱とした邸の一つへ入った時にはもう眼が眩々《くらくら》として、今にもブッ倒れそうであった。邸が混み〱してるという形容はないが、瓦の載った門は付いていても、さして大きいとも思わなければそう立派だったという気もせぬ。私のオヤジの住んでる家の方が何層倍広くて立派だったか知れぬ。が、広くなくても立派でなくてもどことなくガッシリとしてお邸のような気もして、その同じような邸が幾つも幾つもビッシリと立ち列《つら》なっている処であったから、やっぱり混み〱した邸というより外はなかったであろう。車から降ろして、太い棒を二本ばかり突っ込んで、みんなでそれを担ぎ上げる。

庭へ持ってって大穴を掘ってそれを植える。段取りはそういうことになるのであったが、もう私は自分の身体でありながら、人が働いてるような気のする時であったから、何が何んだかさっぱり覚えがない。ただ機械のように、手足を動かしているだけであった。

が、情けなくて今に忘れられないのは下女が出て来て、さあ皆さん、お茶が入りましたからと縁側へ置いてそれを囲んで、親方や下職達が腰かけたから、廻りにウロ付いて茶を飲んでたら、

「手前達も御馳走になんな」

と一つ親方が手掴みにしてくれた、その酒饅頭の旨かったこと、旨かったこと！　もう一つ食いたいな、と思ったが、親方や下職達は二つも三つも摘《つま》んで、お茶のお代りをしてる癖に、それっ切

りもうくれぬから仕方がない。今にえらくなったら、イヤという程酒饅頭を食ってやるぞと、それから仕事の終る迄饅頭のことばかり考えていた情けなさであった。

それともう一つ情けなかったのは、その難行苦行も日の暮れ方頃迄にはどうにか斯《※こ》うにか終って、親方や下職共が鋏も入れ終って、さあ五十銭貰って帰れるぞ！　と意気込み切っていると、主人であろう五十恰好の肥った背広が出て来て、とみこうみして、どうもあの枝振りが気に入らんネ、もっと右へ向けて見たらどうだろうと、吐《ぬか》す。そのたんびに親方は火が付いたように躍り上る。

「そら、そこだそこだ！　もっと右へ寄せて廻せ、振《ふ》れ振れ！」

植木屋用語だから、振れ振れとは何を意味するのか知らんが、そのたんびに折角埋めた穴を亦掘り返して、死物狂いで、ドッコイショ！　と木を持ち挙げてもっと右へ寄せる、一苦労して右手へ寄せて汗を拭いていると、背広が又候《※またぞろ》文句を付ける。

「どうもやっぱり拙《まず》いな、あの枝が斯う来んと面白うないが」

「そうでがすな、ようがす、おい野郎共！　もう一つ左へ振れ振れ」

野郎共の一人である私の疲労困憊その極に達して、半分夢見心地で、木にスガリ付く。背広は枝っぷりのことばかり考えて、蝉《せみ》のように根ッコに半死半生でしがみ付いてる五十銭の人間のことを、少しも考慮に入れてくれないのであった。酒饅頭と振れ振れと。その情けなかった日のことが、今でも心の底にまざ〳〵と蘇《よみがえ》って来る。

蹌踉《よろ》けながら庭を掃いてその家を出たのはもう日がとっぷりと暮れ果てた頃であったが、この烈しい労働に較べると、芸妓《げいしゃ》の背中をヒッコスッテ二分間で二十銭オヒネリを貰ってる方は、天国の花園で酒を鱈腹飲んで眠ってるようなものであったろう。が、芸妓の背中をコスッタのを私は、この上もなく浅ましく思ってるのだから、今度は身に沁みて労働の神聖を味わったかというと、へと〳〵に昏睡してしまって、これもうそんな感想は泛《※うか》びもせぬ。

灯の散らつく街路を夢見心地で蹣跚《よろ》めきながら、芸妓の背中を流すのもイヤなれば、植木屋の人夫は苦しいし、生きる道の辛さばかりが骨身に沁み渡って来る。

十五

完全にノビタ。朝起きた時は全身の節々が猛烈に疼《うず》いて、抜ける程かったるくて、おまけに身体《からだ》中が痛痒《いたがゆ》くて何んとしても起き上れなかった。が、植木屋の仕事はもう一日あるという。おまけに金はいよ〳〵なくなって来た。

日傭労働者の仕事は雨が降ったら最後だ。どんなに働きたくても天気になる迄、もう仕事はない。日が照ってる限り、ブッ倒れる迄は、痛いの痒いのと贅沢はいっていられない。亦土州に連れられて痛む足を踏み占め踏み占め、苦痛を怺《こら》えて鶴巻町の親方の家へ行く。一日中歯を噛み占めて我慢していたから、どこへいってどんな木を掘り出して、どこへ曳いていって植えたのかを、もうちっとも記憶しない。すべて夢の中の出来事である。

朝の内はまだ我慢がなったが昼からは人と口一つ利《き》くさえ苦しかった。人間の心地なぞというものは、まったく感ぜられぬ。一日中たゞ呻きを怺えて水ばっかり飲んで働いた。仕事を終えて帰る時には土州は飯屋へ寄ったが、気分が悪くて飯なぞは見るさえムカツク。二日間の血の汗の結晶の一円を握り占めながら、たゞ水ばかり飲んで床の中へ蹌踉《よろ》け込んだ。

全身が腫れ上って重苦しくて寝ながらボリ〱身体中を掻き毟《むし》っていたのは覚えているが、その外のことは何んにも記憶がない、死んだようになって眠った。

翌《※あく》る朝、土州が迎えに来た。

植木屋の仕事は終ったが、水道局で鉛管巻きの仕事があるから、行かないかというのであった。これも五十銭になるという。その五十銭は欲しいし人殺しのこの土方が、妙に贔屓にしてくれるのも有難かったが、いくら有難くても今日だけは眩暈がして、意地にも起きられぬ。第一蹠《あしのうら》中《じゅう》肉刺《まめ》が出来て、立っていられぬのだからどうにもならぬ。

「これじゃ無理だな。よし、寝てな、寝てな」

と土州も諦めた。

「素人にしちゃよく頑張ると、あの親方も感心してたぜ。よく続くといったが、やっぱり慣れねえこたア無理だな」

そして肉刺には飯粒を練《ね》って塗ればスグ直る、やって見なやって見な、と教えてくれた。そくいといってそれが昔からの、肉刺の薬だそうな。飯といったとてこゝには何んにもない。無理に歯を食い縛って起きて飯屋へいって、一握り紙に包んで持って来た。

ついでに竹篦《たけべら》を買って、敷居の上で練って塗った。なるほど土州の教えてくれた通りそくいの効果は覿面《てきめん》であった。一晩で翌る朝は忘れたように直ってしまった。立って歩いても何んともない。が、身体《からだ》の痛みと痒さで狂いそうな気がする。夕方迄我慢して寝ていたが、どうにもやり切れぬ。金がないから医者にかゝりたくはなかったが、苦しいのには代えられぬ。近所の医者へ行って見た。

「ほゝう、酷く腫れたもんだな。身体一面やられてる。これじゃ熱が出るのは当り前だ」

身体中南京虫に噛まれたのだという。それをボリ〳〵引っ掻いたから、膿《う》みが崩れたのだという。監獄へ入った時……事件が予審にかゝって未決監にいた時、一、二度噛まれたことはあったが、こんなに全身腫れ上る程、やられたことはない。

では、この指の股《また》に斑《ぶち》が出来て痒いのは何んでしょう、と聞いて見たら、何んて下品な男が来たもんだろう、といわんばかりに顔を顰《しか》めて疥癬《かいせん》に患《かか》ってるのだといった。口入れ屋を歩いてあっちこっち誰れが寝たかわからぬ蒲団に寝て、木賃宿へとまったり上州と呼ばれたりしている裡《うち》に、到頭下品極まる皮膚病を背負ってしまったのであった。黄色いベタ〳〵する薬をくれた。障《さわ》るのが汚ないもんだからこれを持って帰って自分で塗れ、という。

医者に薬代を払ったから、これで到頭、金は一銭もなくなってしまった。

その晩の八時か九時頃であった。

「そら！　場所代《しょばだい》だ、場所代だ、場所代が始まった」

と泊っている連中が渋面作って階段を降りて行く。場所代とは宿賃ということである。ここでは毎晩階下の一室へ宿泊の連中を集めて、主任の大校夫妻が三十分ばかりの説教をする。それを連中は迷惑がること甚だしく、無料宿泊所の宿賃取立てだと見做《みな》している。

薬のお蔭で気分も少しよくなったから、その宿賃を払いに私も、連中の後から階下へ降りて行く。大校がお祈りをして奥さんがベビイ・オルガンで、救世軍の軍歌を奏《ひ》く。十五六人いる連中の一人として、軍歌でも讃美歌でも知ってるものはないから、大校夫婦が二人で歌う。もう一つお祈り、それから奥さんの説教が始まる。

今日の新聞を見ると静岡県の何んとかいう村の青年達が、十二三人女郎屋へ行くために自動車に鈴生《な》りに乗って行った途中で、ハンドルを切り損なって自動車は断崖から落ちて、青年達はみんな死んでしまった。そこは女郎屋へ行くだけの道だから、この青年達が女郎屋へ行く途中だったということは、一目瞭然である。

人は死んでもよき名悪しき名共に後へ残る。女郎屋行きの青年として、多くの人から笑われて、後指さゝれて何んて情けないことでしょう。人間はいつ何時死ぬかわからないのですから、後々へよい名を残すよう、足はいつもいゝ方へ向けていなければなりません。アーメン、ハレルヤ。

　これで説教は済んで身に沁《し》みたのか沁みないのか、とも角今夜の場所代を払って、連中は引き揚げて行く。私も立ち上ったら、

「お待ちなさい、橘さん！　貴方には一寸お話があります」

と大校から引き留められた。

「貴方のお父様が救世軍の仕事に御同情下さって、今度三百円御寄付下さいました。有難いことです。貴方にも一寸お礼をいって置こうと思って……」

「……」

「話はそれだけです。いっておやすみなさい」

「私の父が寄付しましたと？　どういうわけでしょうか……？」

「貴方がこゝへ泊って労働してられるということを、本部へ知らせてあるのですが、本部ではそれを高崎の小隊の方へ知らせて……それで小隊長が御寄付を願いに伺った折りに、その話が出ましたら、お父様が三百円御寄付下さったのです。まことに有難いことです。貴方にもお礼をいいます」

　それで私は二階へ帰って来たのであったがこれこそまったく屈辱とも憤《いきどお》ろしいとも何んともかともいおうようのない不快さであった。表てに宗教団体の美名を掲げながら、救世軍のやり方はま

るで四方八方蜘蛛の巣のように網を張りめぐらして、寄付金の出そうな処からは※厭応《いやおう》なく、金を捲き上げる方法ではないか。

私の父は頑固な軍人で、宗教や社会事業なぞに深い関心を持っている人ではない。そこへ高崎の小隊長とかいう救世軍の士官が訪ねていって、救世軍に寄付をして欲しい、貴方の御子息は救世軍経営の免囚保護所で、お世話申上げてるといったならば、父はしたくない寄付でもどうしてそれを、拒むことが出来たであろうか？

もう一度いう。今のアイスキャンデーを売ってる相場の下落した大佐ではない、もう少し世の中に大佐の数が※尠《すく》なくて、田舎の小都市に住んでいれば名望家だとか、その町の名士だとか崇められている昔の大佐であった。

一家の恥を包むためにも、寄付に応ぜざるを得なかったであろう。そんなものは救世軍の仕事に同情を持って、寄付した金ではない。救世軍が、引合いに出すべからざるヤクザ息子を盾に取って、持ち出すべからざる人の秘密を持ち出して……いわば宗教的威迫を用いて、無理やりに剥ぎ取った強奪金である。九〇七号の強奪した金と、何んの変る処もない。

監獄を出てもまだ親に煮え湯を呑ませている、あんな生恥じ晒しは死んでしまえ！　と苦虫を噛み潰している父や母、兄や姉、妹、弟、伯父達の顔が次々と※泛《うか》び上って来る。

私は滝のような汗を掻いた。どうかして正しい生活を送りたいと思えばこそ、こんなに三日も四日も寝る程へとへとに働いて、南京虫に食われて疥癬を患らって、食うや食わずで人夫をしているのであった。その気持も何も滅茶々々にして、こんなダシに使われる位なら、誰れが……誰れが救世軍なぞの世話になって堪るものか！

疾《とっ》くの昔に九〇七号の一味になって大金を掴んで、今頃は北海道の涼しい網元を渡り歩いて、社会の秩序と警察の眼を愚弄していた筈である。……救……救世軍の大バカ野郎！　世の中瞞着《まんちゃく》の、筋も道理も弁《わきま》えぬ、美名の寄付金貰いの乞食根性野郎！　高崎の小隊長の貧乏士官の頭悪《あたまわ》る野郎！とじだんだ踏んで※呶鳴《どな》り出したくなって来た。もう構わぬ、金があろうとなかろうと、野垂れ死しようとしなかろうと、こんな処に厄介になっていて堪るものか！　ポリ〳〵身体を掻きながら、蒲団の上に寝ると尚痒いから、畳の上にゴロ寝して一晩寝ずに懊悩した。

翌る朝私は大校の前へ出た。大校はどこかへ出かけていなかったが、奥さんは眼鏡をかけて聖書を読んでいた。掻《か》っ払《ぱら》いのように急にいなくなったと思われるのは癪だから、私は正々堂々と名乗りを挙げた。

「私は今朝こゝを出ます」

「どこか働き口でも出来ましたか？」

「出来ませんけれど、こゝだけは出ます」

「おや、どうして？」

「南京虫や疥癬を患らっても、こゝは清らかな美しい処だと思っていました。そうしたら蜘蛛の巣見たいな処だとわかったからです。お世話になりましたけれど、そのお礼はいいません。私のオヤジから寄付金をお取りになったから、差引き救世軍の方が、得をしたからです」

「何んだかわたしには、サッパリ飲み込めないけれど……」

「飲み込めなくても構いません。主任さんがお帰りになったらそう仰言《おっしゃ》って下さい、主任さんがどうというのではありませんけれど、救世軍のやり方は改心した人間に、悪いことをさせるような処だと……」

「貴方のいわれることは、何んだかちっともわからないけれど……そう言って置きましょう。……どこへ行っても、正しくね」

「昨日迄はそう思っていましたけれど、もうそれも今ではわかりません。さよなら」

と私はプン〳〵して宿泊所を出た。

えらい勢いで飛び出しながら、どこへ行こうというアテもない。スグ側の赤城神社の境内へ入り込んで、崖の端《はじ》のベンチに腰かけて、眼の下の若葉隠れの甍《いらか》を眺めながら、ぼんやりと考えていた。

金が一銭もないから煙草は吸えないし、朝飯は食えないし……上衣がなくてワイシャツも洋袴《ズボン》も煮染めたように泥々になって……素足に靴を穿《は》いて、おまけに身体中赤く腫れ上って、指の股にドス黒く疥癬を掻いて……東京中探してもこんな汚い浮浪者が、又といないということは、自分にもよくわかっている。そして私ももうこんな思いをして迄、生きていたいとも思わない。しかし……しかし……死ぬ前には畜生！　思う存分腹一杯食って……癪に障る世の中に一泡吹かせてくれなければ……死……死んでも死に切れぬ！……

二時間か三時間位もそうやって石のようにベンチに凭《※もた》れていたであろうか。そして私には、なぜそんな遠く迄歩いて行く気になったのか、今以って自分のその時の気持が、サッパリ飲み込めない。一番最初にいったのが万世橋のちづか屋であり、その次に潜《くぐ》ったのが松坂屋の前の口入れ屋だったから、無意識に亦その方へ足が向いていたのかも知れぬ。

さっきから何を考えるともなく歩いて、一体どこをどうさまよって来たのか？　いつの間にか昌平橋のあたり迄来ていた。そして店屋の時計を覗いて見たら、もう昼過ぎの二時頃になっている。

二三日碌々食わなかった腹が減って〳〵さっきから一足ごとにグウ〳〵鳴っている。

その時私の顔を見た人があったら、もういくらか形相が変って、瞳に兇悪の影を宿していたかも知れぬ。ええ畜生め！　もう仕様がない、何んでもしたいことをしてくれるぞ！　とムシャクシャした気持であった。今日迄こんな面白くもない本をなぜ読んでいたのか、柄にもない自分の殊勝さに苦笑しながら大切にしていた『自助論《セルフ・ヘルプ》』も疾《※とっ》くの昔にどこかの溝川《どぶがわ》へ抛《ほう》り込んでしまった。今私の持っている『自助論《セルフ・ヘルプ》』は、小説家になってから思い出して亦買ったものである。

広小路から松坂屋の前を過ぎて、御徒町のガード下を抜けて横町へ入ると小さな蕎麦屋がある。

え、クソ警察へ突き出すんなら、突き出しやがれ！　と思ったから、その暖簾《のれん》を潜った。

十六

無我夢中で、立て続けに盛りを四つ食ったらやっと人心地が付いた。人心地が付いて見ると、いくら覚悟していても、盛り四つで警察へ突き出されるのはイヤだから、ポケットへ手を突っ込んで一応身振《ゼスチュア》りだけはやって見た。上衣はないから泥だらけのワイシャツのポケットに、これも泥塗《どろまみ》れの洋袴《ズボン》のポケットに……。

「あ、いけん！　持ってると思ったらない。盗《と》られたんだ！　盗られたんだ！　アノ僕は盗られたんだ、盗られたんだ」

私が騒ぎ立てるから、

「お客さん、どうかしましたかい？」

と亭主がノッソリ調理場から顔を出して来た。

「ない、あると思ったらない……盗られた」

「もう一遍よく探して御覧になって。どっかへ仕舞い失《な》くしたんじゃねえんですかい？」

亭主の前でもう一度今の所作を、繰り返して見せた。

「い、や、ない……盗られたんだ」

亭主はあまりいゝ人相をしていなかったから、

「どうしても、ねえんでやすかい?」

と側へ寄って来た時には、てっきりブン殴られるか、警察へ突き出されると観念した。

ジロリと蒸籠《せいろう》を眺めて、亭主が苦笑した。もう一遍ポケットへ手を突っ込もうとしたら、

「いゝぜ、いゝぜ、そんなしち振りはしなくてもいゝぜ」

と止めた。

「お前さん腹が減ってたんだろう? もう一つ喰べてもいゝぜ、ま、お互いだ、金が出来たら持って来ておくんなさい、そうしとこうや」

「そうですか、そうして戴いたら助かります。助かります……有難うございました。……御恩は忘れません」

と私は正座した。

「ま、いゝってこと、もう一つ食いなさるか?」

「いえ〱……もう僕は沢山です……有難うございました、有難うございました」

と私は脇の下から脾腹《ひばら》から、頭から額から汗みずくになって、夢中でペコ〱お辞儀して飛び出した。

腹が脹《は》ってやっと人心地が付いたら、何も無理に警察や監獄へ行くようなことをせずに、もう一度口入屋へいって働き口を、探そうと考えた。走って松坂屋の前迄戻って来て、いつか伝通院の洋食屋へ世話してくれた桂庵《けいあん》へ飛び込もうとした拍子に、そこの停留所の前に立て懸けてある市営の、労働職業紹介所の掲示を眺めたら、急にそこへいって見たくなった。

そこへいって見れば、出前持ちや三助でないもう少し真面目な、そして何か私にも出来そうな仕事が、転がってるような気がした。五つ六つ並べてある紹介所の中で、こゝから一番近いのは、先に懲りた飯田橋の知識人紹介所を除けば大塚の辻町にある労働紹介所が一番に近い。ようし、そこへいって見ようと決心した。

電車賃がないから歩いて行かなければならぬ。が、そう決心すると急に気持が、ほの〴〵と明るくなった。おまけにさっきの蕎麦屋の亭主によって、世の中には人を助けてくれる、温かい気持の人もあることを、知らされた。

ポク〳〵と本郷三丁目から真砂町へ出て、春日町から富坂を上って、清水谷町、高等師範前、大塚仲町と、辻町の紹介所へ着いた時はもう午後の四時過ぎ、足が棒のようであった。

平屋《ひらや》建ての紹介所の中はガランとして人気もなく、吏員らしい四十年配の男が、窓の側でぼんやりと煙草を吹かしていた。

「何んだい、今頃来たって駄目じゃないか、一時迄だよ」

と突《つ》っ慳貪《けんどん》にいった。部屋の中には硝子《ガラス》窓越しに、二三人しか人の姿の見えぬ、小さな紹介所である。

「第一、君は……」と人の姿をジロ〳〵眺め廻している。

「ほら、そこに書いてあるだろう？　登録労働者は朝の九時迄と」

登録人夫と間違えられるのも無理はない。恐らく私の服装《みなり》は、乞食見たいなものであったろう。い、や、乞食よりまだ劣っていたかも知れぬ。なるほどさっきポケットへ手を突っ込もうとしたら、蕎麦屋のオヤジがそんなしち振りはしなくてもい、と、止めたわけであった。

「登録労働者ではないんです。どんな処でも構いません、何か働く処はないでしょうか？」

「それだって二時迄だよ。今頃ノコ〳〵来たって、駄目じゃないか。明日お出《※い》で、明日もっと早く」

「何んとかならないでしょうか？……今夜寝る処がないんです」

「え、おい冗談じゃないぜ。そんな無理をいうなヨ、こ、は紹介所だぜ。いくら時間中に来たって今日行って今日スグ決まる所ばかりはないぜ」

「…………」

困り切って佇んでいたら、

「今日迄どこへ泊ってたんだい？　そこへいったらいい、じゃないか」

救世軍の免囚保護所ともいえぬから、それも黙っていたら、

「君は大体、身元の引受人があるのかね」

と亦服装《みなり》に眼を留めている。

それも答えられないから、黙っていたら、

「紹介状は仮りに書いてやるとしても、君はその装《なり》で行く気だったのかネ？」

と亦聞いた。

「……ハイ」

「それじゃ君、行くだけ無駄だ。先ず十中の十迄……といいたいが、十二迄断られるのが関の山だ」

「身元引受人がなくて……泊る処がなくて……服装が悪かったら、それじゃどこへいっても駄目なのでしょうか？　いくら働きたくても……」

「先ず、見込みはないね。紹介状は出しても向うで相手にせんから、同《おん》なじだ。酷《ひど》過ぎるよ、君！　ま、明日お出で、六時から受付けるから。登録労働者で働くんだな」

「それならば私は駄目なんです」

と私は南京虫で腫れ上った腕を、夢中で捲り上げた。

「二日働いて……四日寝て……ほんものの労働では、食って行けないんです。それならもう、頼みません。どっかこの辺に、口入屋はないでしょうか？」

折角頼り切って来ただけに、落胆《がっかり》して涙が流れて、口が利《き》けなくなった。広い東京に私一人食って行く働き口もなくて、どうして斯《※こ》う難儀するのかと思ったら、たゞ涙が止め度もなく溢れて来る。縁もゆかりもないこの人にそんなことをいうまいと思っても、並べるだけ並べ立てなければ腹が癒えぬ。

「そんならなぜ、困ったら来いとあんな大きな立看板なんぞ、出して置くんです？　口入屋へ行こうと思ったら、看板が出てるばっかりに止めてここ迄歩いて来たのに……口入屋へ行く位なら、なにもこんな処迄歩いて来やしないんだ。出前持ちや妓夫太郎《ぎゆうたろう》になりたくないばっかりに……」

止め度もなく涙が出て来る。

「みんなでそんなに虐《いじ》めるんなら、もう頼みません。一つやれば貴方なんぞびっくりする位の装をして……ホテルに泊って……こんな苦しみはしないんだい！　悪いことをしたくないばっかりに、真面目な処で働きたいばっかりに頼って行けば……そこではいゝダシにするし……何んだいバカ野郎！　困ったらお出でがあるかい！　今度来る時はピカ〳〵の洋服を着て……その代り悪いことをしたら救世軍と東京市の職業紹介所のせいだぞう！　大バカ野郎！」

わけわからずにこれだけ咆哮したら、胸が透《す》いた。やっとこゝ迄頼って来たムシャクシャ腹が癒

えた。出ようとしたら、

「おい、一寸入れよ」

とその人が声をかけた。

「何か用があるんですか？　世話もしてくれないで！」

と泣きながら振り向いたら、

「そう一々文句いわずに、一寸入れよ」

「………」

「世話をしてやるから、入れよ」

狭い土間の片隅に扉《ドア》がある。立って来てその扉をあけてくれた。四十二三の痩せた、私の眼にさえ貧弱な洋服を着た人である。そこが応接室と見えて、粗末な机の廻りに椅子が五六脚並んでいる。

「おい、悪いことをしてはいけないぜ、何んだい、その救世軍てのは？　救世軍がどうしたんだい？」

「世話をしてくれるんですか？」

「君がそこでいゝというんなら、世話して上げようじゃないか。その救世軍てのは、どうしたんだい？」

仕方がないから私は、救世軍の処だけ話した。木賃宿にも泊りたくないし……伝道説教を聞いて救世軍へ頼っていったら、その救世軍は人をダシにしてオヤジから、三百円取った。三百円がどうというのではないけれど、もう死んでしまいたい位屈辱で屈辱で……それだから今朝飛び出した……それだからもう行く処がない……

「ちっとばかりの金を、仕様《しよ》ねえことをしやがるなア！」

とその人がいった。

「どうだい、一時間ばかりこゝで待てるかい」

「世話さえして下されば、何時間でも待ちます」

「五時半になるとこゝが退《ひ》けるから俺が連れてってやろう。向うに住み込んで、食事も風呂も付いて月給五円だ。い、かい？　それで。大きな本屋だ！　仕事は倉の中で本の整理をするんだ。どうだいそれ位の労働なら、勤まるだろう？　そこでよけりゃ、俺の友達が主任をしてるんだ。俺が連れてってやろう。やって見るかい？」

もっと詳しくいえば、場処は京橋の元数寄屋町、尾張町の交叉点から数寄屋橋へ向かって左側の、天金の横丁を曲った処――今では西銀座の四丁目といってるかも知れん――そこに北盛館という、大きな書籍雑誌の取次業の会社がある。返品部といって、小売店から返して来た売れ残りの書籍や雑誌を、整理する倉があって俺の友達がそこの主任をしてるから、そこでよかったら身元引受も何も要らん、俺が連れて行けばスグ入れてくれる。が、そう二言挙句《ふたことあげく》に悪いことをすればい、洋服を着て来るの、ホテルへ泊るのとバカばかりいったんでは、剣呑で世話してやることも出来んではないか。大丈夫だろうな？　決して悪いことは、し出来《でか》さんだろうな？　本のチョックラ持ちなんぞせんだろうな？

「よし、それなら、一時間ばかり、待ってい給え」

いわれる儘《※まま》に一時間待って、紹介所が退けてから、その人はその本の取次会社の返品部の主任の処へ私を連れていってくれた。勿論高が月給五円の口の処へ、友達がわざ〳〵連れて来てくれたのだから、厭も応もない。

それから一時間ともたゝぬ内に、七八人もいる返品部の臨時整理員の一人として、私も会社のお仕着せの法被《はっぴ》を着て、久し振りで食堂で腹一杯麦飯と沢庵と魚の煮付けにもあり付ければ、亦出前持ちをして以来始めてのう〳〵と湯にも、入れたというわけであった。

十七

私はその返品部の臨時整理員を三カ月間勤めた。三月目に主任の鈴木さんという人から、会社が今度組織を変更して合資会社から株式会社になるので、大分社員を募集する。現在発送や返品部に働いている人間でも、算盤《そろばん》や帳記《つ》けの出来るものは、社員に採用するといってるから試験を受けて見たらどうだと勧められた。

　英語や会話の試験では尻込みするが、算盤や記帳なら二十歳迄それで飯を食って来た身の上であった。受けて見たら幸い社員に採用してくれて、月給も一躍三十五円に引き上げてくれたから、※又《また》候芝《ぞろ》の日蔭町へいって、吊しんぼうの古洋服を三円五十銭で買って着たということになるのであった。だから玄関から帽子掛けに帽子を脱いで、ちゃんと挨拶をして入って来たのではなく、入り込んでから縁側で法被《はっぴ》を脱いで背広に着換えた身の上であったから、勿論入社の誓約書も身分証明書も苦手のヤマシイ書類なぞは、何んにも要らぬ。

　これでとも角饑死ぬか死なぬか、再び悪へ奔《はし》るか奔らぬかの惨憺たる地獄道から明るみへ出て、たとえ月給は五円でも食事向う任かせで住込みの、安定した働き口を得たわけであった。が、たび〳〵お復習《さらい》するようだが、割烹屋の三助から洋食屋の出前持ち、そして無料宿泊所、植木屋の臨時人夫と渡り歩いて一張羅の洋袴《ズボン》は、汗と垢《あか》と埃《ほこり》でドロ〳〵に汚れ、素足に泥靴を穿《は》いて乞食よりまだ劣った恰好をして、上衣《うわぎ》は失《な》くし金は一銭もなく泊る処もなく、おまけに救世軍で気持を裏切られて、上野で無銭飲食をして、もう半分自暴《ヤケ》クソで、どんな悪事でも犯し兼ね間敷い程、心が荒《すさ》み切っていた。

　若しあの時、あの親切な人に出逢わなかったならば、饑《う》えて金がなくて泊る処がなくて、恐らく私はその晩どこかへ押し入ったかも知れぬ。そして押し入った結果は、その場の弾みで或いは九〇七号以上の惨劇を演じたかも知れぬと思うと、その人に対しては、何んともかとも手を合わせて幾千万言の謝辞を列《つら》ねても追っ付かぬ、無限の感謝の込み上げて来るのを、禁じ得られないのである。

　クレール嬢はいわば私の眼を開いて、小説家にさせてくれたようなもの。恩人への感謝に軽重の差のあるべき筈はないが、しかし小説家にならねばとて人間は、正しい生活を送り得ぬという筈はない。が、若しこの紹介所の吏員がいなかったならば、その正しい人の道さえ私は踏み外《は》ずしていたであろうと思うと、この終世の恩人に対しては、たゞもう何んともかとも感謝の言葉の羅列しようを、知らないのである。

　しかも当時はその人の親切をそれほど有難いとも思わず、処も知らねば名も知らず況《※いわ》んやその人に逢ってお礼をいおうという気持も起らぬ内に、やがて主任の鈴木さんという人も会社を退《や》めてどっかへいってしまったし、その終世の恩人の名前も知らずに今日に至っているのは、まことに痛恨限りない次第である。

　いつか鈴木さんから聞いた処では、その人はその頃大塚の職業紹介所の主任を勤めていた、東京市の吏員であったという。勿論大塚の紹介所そのものが小規模であったろうし、主任とはいっても、現在の汚職疑獄を惹き起している都の部長、局課長という人達に較べれば、まるで浮塵子《うんか》か粒子も同然、いうにも足りぬ低い身分であったろう。

　その人がほんの五銭か六銭の電車賃を払って――私の分も払ってくれたから、十二銭であったろう——紹介所の退《ひ》けた後銀座迄連れていってくれたばっかりに、強盗搔っ払い人殺しの岐路に立っていた、荒んだ一人の青年は、とも角今日社会の良民として、仕合わせなその日を送り得ているのである。

愛なぞというから、何か特別な心構えか宗教心でも要《い》るような気がするが、そんなムズカシイことをいわなくても、ほんの僅かな親切とか情心《なさけごころ》が社会全体の人にありさえすれば……若しこの人のような情心が幾分でもありさえしたら……

というところで、私は自分の身の程も弁《わきま》えずに声を振り搾っていいたい。誰れでも楽しくて罪を犯す人間なぞはたゞの一人もない。そして罪を犯しても刑務所の門を出る時は、再び罪は犯すまいと改心して出るのである。それが改心を守り切れずに再び罪の底に沈湎《ちんめん》するということは、社会があまりにも冷たくて、前科者の生きる道を悉《※ことごと》く阻んでしまうからではないか！

もっと〱社会の人全体に、この人のような親切心がありさえしたら、恐らく世の中の犯罪の半分は……殊に今世間を騒がせている、十代《ティーン・エージャース》の無鉄砲な犯罪なぞは、大半未然に消え失せてしまうのではなかろうか？　と、私は自分の狭い経験から堅く信じている。その最もいゝ例が私だったからである。

が、いいたいことは胸いっぱいにあるが、しかし曳《ひ》かれ者の小唄といわれそうなこんな考察なぞは、私のような人間のすべきことではないかも知れぬ。やっぱり斯《※こ》ういうことは、学者とか社会の識者達、その道の人々の識見に任せて置くことにしよう。

とも角肝心のその人に対する感謝は忘れていたが、いつかの無銭飲食をした蕎麦屋のことだけは気にかゝってならぬから、その後に謝りに出かけていったことがある。

月給五円ではどうにもアガキが付かぬが、その後社員に抜擢されて月給も三十五円になり、又一年半ばかりたって計算部の主任に引き上げられて収入も五六十円になって、大分ふところもラクになったから、あの時は有難うございましたと、いつかの蕎麦代を払ってお蔭様で人になることが出来ましたと、懇々礼をいうつもりで風月堂の菓子折りを抱えて、訪ねていった。

あの時は一軒しか眼に入らなかったが、今度いって見ると同じような店が三四軒もあるには困った。どれがどれだかサッパリ見当が付かぬ。仕方がないから一軒々々入って首実験して見たが、いずれもあの時の亭主とは似もつかぬオヤジばかりである。

たゞ入ってオヤジの面相を眺めただけで出るというわけにも行かぬから、そのたんびに食いたくもない蕎麦ばかり食って、しまいには蕎麦の顔を見るさえ嘔気《はきけ》を催したくなって来た。何んとしてもめっからぬから、今以って私は、盛り四杯食い逃げの身の上である。

胸にしこっていた九〇七号の佐藤の消息の判明したのも、亦その頃であった。或る日の新聞の片隅に小さく、断崖上の腐爛屍体、二年前の主人殺し判明という簡単な記事が載っていた。これが九〇七号の末路であった。もと〳〵大事件でもなかったのだから扱う新聞社の方でも、熱はなかったろうし、読む方とて飯田町の料理屋主人殺しのことなぞは、覚えている人もなかったであろう。況んやあれから既に一年と八カ月……が、私は胸を轟かせて眼を皿にして、小さな活字を貪り読んだ。

十勝豊似海岸東寄り二キロばかりの処に、俗称シヤマンべと呼んでいる、荒れ果てた断崖がある。椴《とど》や檜葉《ひば》アスヒ等の密生した人の行かぬ無人の岬であるが、今月の何日頃とか、付近の漁師の妻某《なにがし》が薪拾いに山中に分け入っている時、漁師の着る厚子《あつし》に紺洋袴《ズボン》深ゴム靴を穿《は》いた男の屍体を発見、急報によって所轄歌別署から係官が出張して取調べの結果、屍体は※糜爛《びらん》して半ば白骨化しているが、拳銃による自殺と判明した。

着衣所持品から判断して昨年三月以来寄寓先き、豊似村東ホロヌイの漁業大西類二郎方から姿を晦ましていた宗谷利尻島鴛泊《おしどまり》漁業佐藤浩助三男佐藤勇策（当事二十二歳）と判明した。同人はかねて厳探中の東京飯田町の料理旅館主殺し犯人たることが確定、捜査に※逐《お》い詰められて逃れ得ぬ処と覚悟の自殺を遂げたものと判定。付近から拳銃も発見された。

尚一昨年十二月日高新冠《ニイカップ》海岸ビションヌイ付近で、挙動不審の男追跡中射殺された、同村最寄辺《もよるべ》派出所駐在田淵心平巡査殺し犯人も、同人の所爲と確定、捜査を打ち切った。

勿論新聞はそんなに大きな活字を使ってるわけではない。お義理のように片隅の紙面を割いているだけであった。だから、※翌《あく》る日もその亦翌る日も、こんな記事なぞは一行たりとも現われはせぬ。これで九〇七号の佐藤という私に取っては腹立たしい、しかも懐かしい優しい監獄友達は、永遠にこの世から姿を消してしまったわけであった。が、私にだけは人に語れぬさま〴〵の感慨を、湧き立たせて来る。

やっぱりあの男はウソをいわなかった。北海道の辺鄙な漁場の網元から網元と逃げ歩いて、到頭警察の眼を晦ましてしまったな！　ということ……新聞にも囃《はや》し立てられぬ小事件ながら、地元では警察の眼が厳しくて、さぞ苦労しただろうなということ……が、やっぱり男らしくて気持のいい人間であった。どうしても逃げられぬと諦めが付けば、自分で命を断って自決してしまった。

だからあの男のために随分私も難儀な思いをさせられたが、別段不愉快な気持は少しも起らぬということ、寧ろ私に取っては小樽新聞記者の稲田行則の方が、十倍も百倍も不愉快で、思い出すさえ忌々しい存在であるということなぞ……

そして私は暗い物思いに沈んだ。会社も株式会社になってから、急に脹《ふく》れ上って、私が返品の臨時整理員になった時から見ると、今では三倍も人数が殖えて恐らく三百人位の社員はいたかも知れぬ。四台の貨物自動車《トラック》は引っ切りなしに出入りして、計算部で算盤を弾《はじ》いてる社員だけでも三四十人からいたであろう。女子大学を出た女事務員もいれば、高商や私大の商科や経済を出た坊っちゃん達もいる。

私は社長にペコ〳〵してお家の白鼠のように後生大事に働いて、お蔭で眼を付けられてそれ等の女子大や商科経済達の機嫌を取り〳〵仕事の束ねをさせられている身の上であったが、この二三日は義理にも世の中の暗さを知らぬそういう人達とは、口を利く気にもなれず、ただ何んとはなしに一人でじっとものを考えていたかった。

さりとてどれほど特別のことを、考えていたというのでもない。たゞ人間というものは何んのためにに、斯うやって齷齪《あくせく》と働かなければならんのだろうか？ と一見九〇七号の死とは何んの関係もないことを考えながら、その結末は決って九〇七号の末路が哀れで、淋しい気持に襲われていたのであった。

十八

この会社に私は二十七の歳迄、都合四年間働いた。二年目には倉庫の主任三年目には計算部の主任、そして退《や》める時分には社長の秘書をいい付かって、月給も七十円位には昇っていたであろう。それに秘書手当が五十円加算されるし、会社では毎晩各部の部長とか課長とかいった連中が、宿直の責任者として泊り込むことになっているのを、私が下宿料を倹約して金を蓄《た》めたい一心で、年中宿直室に住んでいたから月末になると、みんなに渡す弁当代を会計が一括して私にくれる。それも四五十円あったから二十六七の時は、月の収入も百七八十円位あって、ふところも大分ラクになって来た。懐中《ふところ》がラクになるとそろ〱と煩悩が起って来て、三越の化粧品売場にいる娘《ガール》が眼に付いて、どうにも忘れられぬ。買いたくもない香水や石鹸《シャボン》を買って御機嫌を取って、もうバカな真似は決してしません！　と誓約して、やっと幸福な結婚へも入ることが出来たのであったが、これが三十四年間一緒に暮して来た、とうのたった私の妻である。が、前科を考えるといつ迄人に使われてるのもイヤだし、第一いつバレて馘《くび》になるか危険でもあったから、廿七の年に僅かの貯金を基《もと》に思い切って蠣殻町に小さな事務所を借りて、雑貨の輸出屋を開業した。モーリエル商会にいた時の僅かな経験を基として海外商人との直取引を企図したわけである。

　番頭一人に小僧一人それにタイピスト一人という日本一小《ち》っぽけな貿易屋であったが、話はその店を開いてから約一年ばかりも過ぎた、或る日のことである。取引きのことで丸の内の仲通りにある、三菱の何号館とかに外国商人を訪ねていったことがあった。その私の訪ねていった何号館かの斜《※はす》っかい前に、銀座のロオマイヤーというチェッコ・スロヴァキア人の開いている独逸料理店が、支店を出していた。

　繁盛してるのに半年ばかりでふっと止《や》めてしまったから、あまり気の付いてる人はないかも知れぬが、今の特派員倶楽部《コレスポンデンツ・クラブ》の右隣りあたりになっていたかも知れぬ。そんな贅沢な処へ私はいって見たこともないが、頗《※すこぶ》る旨いという在留外人仲間の評判であった。今門口へ私が入ろうとする処で、向うはそこで昼飯でも済ませて、出て来たのであろうか？　便々たる太鼓腹を抱えて、待たせて置いた車のステップに片脚をかけた儘《※まま》、おや？　といった風に私の顔を眺めている、白髪肥大の外国紳士がある。

ハッとして私も足を留めた。思いきや！　忘れることの出来ぬ、あのモーリエル商会の社長のMR《ミスター》モーリエルであった。五年振りの思いがけぬ邂逅であった。

「……君は確か《アイシンクユール》……」

というから、

「昔お世話になった《アイムザタチバーナ》橋《フウム》という《ユウ》ものです《ヘルプト》」

といったら、

「……そうそう……タチュバーノ……タチバーナ……」

発音し憎いと見えて、頻《※しき》りに口の中で繰り返している。今何をしてる？　と聞くからこの野郎昔人を叩き出しやがって！　あのクソバカ部長と同じ片割れだと思ったから、今貿易屋をしていますと肩を聳《そび》やかした。日本一小さくても、店の前に懸けてる金文字の看板だけはモーリエル商会と同じだから、

「イエス……直輸出入業を《エクスポーターズ・アンド・インポーターズ》……」と大きな面《つら》をしてくれた。

「Oh《オウ》！　I《アイ》　see《シイ》」

と相手は頷ずいたが、商売《ビズネス》は旨くいってるか？　と聞くからこれもよく西洋人のいうのを真似して、

「そうよくもなし《ナット ソウ グッド》そう悪くもなし《ソウ バッド》……追々という処でしょう」

と答えたらもう一度、

「如何にも《レアリー》」

と頷ずいて、

「どうだね《ウォンチュー》 店へ寄らんか《ドロップ イン アト マイオフィス》？」

と誘った。

誰れがあんな店へ寄るものか！　と思ったから、

「ハ……その内に伺いましょう」

と当らず障《さわ》らずの返事をした。これで話が済んだから相手は車へ乗るかと思いの外、何んと西洋人の気が早くステップへ足をかけた儘、

「Ｃｏｍｅ《カム》　ｏｎ《オン》！」

と顋《あご》をしゃくったにはオドロイタ。が、瞬間私の頭に閃めいたのは、あの怨み重なる部長がどうしてるかということであった。あの男の尊崇措く能わざる西洋人の社長と車で一緒に乗り込んでいったら彼奴《あいつ》めさぞ驚くだろうな！　ということであった。あんな男の驚くのはどうでもい丶が、あの男を眼下に睥睨《へいげい》してくれたいのと、もう一つはあの男と違った意味で忘れることの出来ぬクレール嬢にこの機会に、心から昔の礼をいいたいと思ったことであった。

社長の秘書とはいってもクレール嬢とて、どうせ重役の一人だから誰れかと結婚したからとて、勤めているに違いあるまいから、逢ってこの機会に昔の感謝を、心ゆく迄述べたいと思ったのであった。ＯＫ《オケイ》！　サンキューヴェリマッチ！　とばかりに一議に及ばず社長の後から私も乗り込む。

この社長は留守だったから知らぬこととはいえ、思えば強請騙《ゆすりかた》りのようにあの部長から泥棒呼ばわりされて、足蹴にされて抛《ほう》り出されてから既に五年と四カ月の歳月がたつ。この社長と肩を並べて、社長の車でモーリエル商会の表玄関から乗り込むなぞということは、私に取っては夢のような出来事である。車がビル街を抜けて、間もなくモーリエル商会の四階建て玄関前へ横づけになった時は、この私の気持は最高頂に達した。

ヅカ〱と通り抜けて行く社長の後から跟《つ》いて行くと、果して執務中の社員の五六人が、おや！　と驚愕の色を泛《※うか》べて中腰をする。びっくりして眼ばかりパチクリしている。さすがに顔は火照《ほて》ったが振り向きもせずに社長室へ入って行く。ＭＩＳＳ・クレールがどんなにびっくりするだろう？　と思ったが、その姿が見えぬ。

クレール嬢の机には見知らぬ中年の外国婦人が、事務を執っている。が、それよりもっと失望したのは、その前を通る時破裂せんばかりに胸を鳴り轟かしたことであったが、あの部長も姿が見えず、これも見知らぬ五十年配の人が、俯向《うつむ》いて書類に眼を晒している。

「結構《ファイン》だったな《ウォズンテイット》、ＭＲ……タチバーノ……タチバーナ……」

社長が改めて声をかける。

「あれからどうしてるかと気にせぬでもなかったが……お前が相変らずそうして真剣に世の中と、闘っているのを聞くことはまことに喜ばしい……」

と廻転椅子をぐるっと廻して、にこ〳〵と話しかけて来た時には怨みどころか！　その手を取って押し戴かんばかりの懐かしさを私は感じた。

「一時の失敗なぞは何んでもない。人間に一番大切《だいじ》なことは、いかにしてその失敗を取り返して、正しく強く生きるかということなのだ！」

正しく強く《ウイズ ストロング フレシ スピリット》という言葉がいかにもこの人らしく凛と肝《きも》に銘じて響いて来る。

「何んにしても結構なことだ。処で今、どういう物を輸出《エクスポート》して、どういう物を輸入《インポート》しているのか？　現在売買《ハンドル》している種類《ライン》を話して見ぬか？」

ということであったから、私はその品名を挙げて見た。資本がありませんから、主に雑貨類を――面倒臭さがって大きな商館の手を出さんような煩雑なものばかり扱っています。医料器械類《サージカル・インストラメンツ》……衛生用品《サニタリー・グッズ》……日本特有の竹細工品《バンブー・クラフツ》……花活け《バンブー・ヴェイズ》……食器入れ《サイドボード》……竹で出来た玩具《トイス》類……熊手類《バンブー・レーク》……それから人形……註文さえあれば何んでもやりますが、今の処はそれだけです。

「結構《グッド》だ」

と社長がいった。商売熱心な人だから、いろんなことを聞く。

「熊手《バンブー・レーク》はどこへ出るのか？」

亜米利加へも佛蘭西へも、……ついこないだはロッテルダムからも註文《オーダー》が来ました。

「嵩高《かさだか》品だから運賃が大変だろう？　載積をどうするのか」

甲板積みにしてこれこれしかじか……

「医料器械《サージカル・インストラメンツ》はメスやピンセットの鋼《はがね》類も出るのか？」

「印度以外は出ません、亜米利加からい、鋼が出ますから、亜米利加の影響のある国へはサッパリ売れません」

「海外に代理店《エゼント》が何軒ある？」

「恥ずかしい話ですが、今の処二軒だけです」

「輸入《インポート》は何をやってるのだ？」

「輸出だけでは看板が淋しいから輸入業《インポータース》と書いてるだけで何にもしていません、……金もありませんし……」

と私は苦笑した。

「ハハ、、、、」

と社長が笑い出した。そして笑いながら亦グッドといった。

「近く大阪商船《オー・エス・ケー》のモンテヴィデオ丸が、南阿から西南阿弗利加の沿岸へ、日本商品の販路開拓に出かけて行く。会社でもこの方面へ手を延ばそうかと思っている……」

と立って、壁に懸けた世界地図の阿弗利加あたりを、眺めている。

「それにい、品物なら瑞西《スイス》本国へ販路を拡張してもい、し……医料器械にはわしも眼を付けている、興味がある……」

と頷ずいた。

「医料器械類《メディカル・アパレータス》には知識があるのか?」

ありません、ありませんけれど生活のためですから勉強しながらやっています。

「知識はなくてもお前のことだから、熱心にやってるだろう」

そしてもう一度独語《ひとりごと》のようにグッドといった。

「宜しい、お前がよければ医料器械は、会社と取引きをして上げよう。会社で資本を出してお前を代理人《エゼント》に……仕入代理人《パーチェシング・エゼント》ということにして上げよう。会社からは直接製造業者《メーカー》へ行かぬことにして、全部お前と取引きをして上げよう。そして会社は仕入高の三分《スリイ・パアセント》をお前に払って上げよう。……不服《ノットサティスファイド》かな?」

不服どころか！　僅かな貯金で商売を開いた私に取っては、まるで棚から牡丹餅のような有難さであった。なぜ社長が会社へ出て来いといったかが、始めて私には飲み込めた。社長はその出来る範囲内で、私を助けてくれようとしているのであった。それにしても、何んという夢のような有難さであろう。

私のような人間をモーリエル商会が仕入代理人《パーチェシング・エゼント》に指定してくれて、三分《スリイ・パアセント》の手数料《コミッション》を付けてくれようとは！　仮りにモーリエル商会が月に五万円医料器械を仕入れるとしたら——こんな大商会が月に廿万三十万五十万の仕入れ額なぞは、実に易々楽々たるものであったろう——その五万円ですら私の手数料は千五百円であった。

月に十万円の仕入れとしたら私のふところへ、三千円ずつ転がり込んで来ることになる。月に三千円……それだけでももう私自身の商売なぞは止めてしまってもい、位のものであった。若し月に二十万円……三十万円……五十万円だったら？　私の月収は一万五千円になる！　まるでモーリエル商会が毎月大枚の生活費の、保証をしてくれるようなものであった。五年前迄は六十円の月収を貰っていた私が！　チェー有難たや、※辱《かたじ》けなや！　と私は伏し拝みたいような気持で茫然と立っていた。

「会計に話して置くから、買い付けに金が要るようだったらいつでも取りに来るがい、。では、差支えなければ今契約書《コントラクト》を作らせるから」

社長は秘書の持って来た書類に眼を晒していたが、秘書が契約書のタイプを打っている間、私は取ってくれた珈琲《コーヒイ》を飲みながら待っている。

「お前がいた時分の仲間は、みんなまだいる筈だ、逢って来んか？」

と社長がいった。

「ハ、……別段に……」

とモジ〳〵していたら、

「逢って来たらいい。……印象が悪くて《ビコウズゼイギブユバッドイムプレッション》厭か？　ハハハ、、、、」

と書類を眺めながら珍しく冗談をいった。

「……時にMISS・クレールは……」

と私はいい出した。こんな夢にも思わぬ幸福にあり付けるというのも、一にクレール嬢のお蔭である。その人が私のことをよくいってくれればこそ、社長も私に好意を寄せてくれるのであろう。

「お見えにならぬようですが、どちらにお出《※い》でしょうか？」

「クレール？」

と社長はびっくりしたように暗い眼をした。そしてその返事こそは、どんなに私を驚かせたものであろうか？

十九

「ジョーゼットは亡った。故郷《くに》へ帰って結婚して幸福な生活に入ったのだが、レマン湖へ遊びにいった時に湖水へ落ちて、亡ってしまった……」

「お亡りになりました？　あのクレールさんが？　いつ、いつでしょうか？」

「もうかれこれ《オールモスト》……二年位になるだろう《ツイヤーズハヴパースト》？」

私は黙念としてうな垂れた。知らなかった、知らなかった、夢にも知らなかった！　今に何んとかして人前に顔が出せるような日が来たら、真っ先きに飛んでいってその人に喜んで貰おう！　と長い間心の支柱《さゝえ》になっていただけに、何んともいえず淋しくて、泣き出したいような気持がした。スラリとした、優しい美しい姿が、散らついて来る。……あなたが悪い人だとは決して思いません……どこへいっても正しい気持で、お働きなさいね……どうぞこれを読んで立派な人になって下さい……五年前のあの時のことが眼に泛《※うか》んで来る。

あんなに大切《だいじ》にしていながら、なぜあの時に『自助論《セルフ・ヘルプ》』を棄ててしまったんだろう？　とその人の尊い記念を惜しげもなく投げ捨てた自分のバカさ加減に頭を挘《むし》りたいような気がする。悪い奴は長生きして、あゝいういゝ人はどうして早く、死んでしまうのだろう？　と人目も見栄も外聞もなく慟哭したいような気がして来る。しかし私なぞより、可愛い姪を失《な》くした社長の悲しみはもっと深いのであろう。それっ切り睫毛《まつげ》をしばたゝいて、何んにもいわぬ。何分かの時がたった。たゞパチ〳〵パチ〳〵と豆でも煎《い》るように秘書のタイプの音だけが、耳を打って来る。

「タカツカという営業部長がいられましたが……」

突然ニガイものでも飲み下したようにイヤな顔をして、社長が私の面《おもて》を眺めている。

「あの人も見えぬようですが……」

「う、む……タカツカ……クォーッ！」

クォーッ！ という形容は可笑《※おかし》いが、よく西洋人が聞いただけでも胸クソが悪くなるという場合に、噛んで吐き出すような顔をすることがある、アレであった。

「アレはわしの大失敗だった。あの男を営業部長《ビズネスマネージャー》に据えたのは、わしの明《めい》がなかったのだ」

「……………」

「大変な金を費《※つか》い込まれて大迷惑した」

「ほう……へえ！……あの人が金を費い込んだんですか？……へえ……じゃ今頃は刑務所にでも？」

監獄という名前はその時分刑務所と変ったホヤくであった。が、監獄といおうと刑務所と変ろうと、働いている看守や入って来る囚人の本質に何んの変りがあろう？

「刑務所は入ってもせんだろう？ どこかで亦悪いことでもしてる位が、関の山だろう？」

「じゃ社長は、お訴えにならなかったんですか？」

「あの男を訴えて牢獄《ペニテンシャリー》へ突っ込んで見た処で、別にわしの損が尠《※すくな》くなるわけでもないだろう？あの男が二度と、悪いことをしなければそれでい、のだから……」

と社長が苦笑した。

「が、そうも恐らく行かんだろうな？」

前科者、前科者とまるで人種でも違ってるかのように、散々人を呶鳴《※どな》りつけて挙句の果ては泥棒と罵りながら、何んだ自分も負けず劣らずやってたのか！　と私はあいた口が塞がらなかった。

「……しかしあの男は、お前にはよかった筈だ！　お前のことは随分賞めていたから」

と社長が思いも寄らぬことをいい出した。

「賞めていましたと？　賞めるどころか！　叱られて散々な目に遭いました」

「それは知らん、それは知らんが……何んでもわしの処へ来て、見せしめのために懲戒免職にしなけりゃいかん……しかしよく働いて会社の利益を挙げたから、退職金だけは充分出してやって欲しいと、そういうとった覚えがある」

「……へえ！」

と私は唖然とした。

「そして出して下さったんですか？」

「細いことは覚えとらんが、出したような気がする。充分か充分でないかは、受取ったお前の考えだから……」

「へえ……ほう！」

ともう一度私は唖然とした。

「しかし私は罵詈讒謗《ばりざんぼう》されて……罵詈讒謗されて……しまいには泥棒野郎と迄罵り付けられました」

「君は泥棒しやせんじゃないか！」

「それを泥棒といわれて、口惜《くや》しくて当分は寝られませんでした」

契約書《コントラクト》が出来上ったのであろう。秘書の持って来たタイプライター刷りを読んでいる。

「じゃ、これを読んで見て……よかったら署名《サイン》して欲しい。……しかし、金は受取ったんだろう？」

「NO！　その時はもう日本にいるのがイヤで、どうかして外国へ行きたいと思って、土下座せんばかりに頼みましたけれど……到頭一文も貰えませんでした」

いけ図々しい男だ、前科がバレて、いもしない保証人まで捏造《ねつぞう》して、それでまだ退職金迄強請《ゆす》り取ろうという魂胆か？　と浴せられた時の憤懣《ふんまん》が亦衝き上げて来た。五年たった今でもまだあの男に、躍りかゝりたい程煮え沸《たぎ》って来る。

「どうだ、差支えないかな？　なかったらそこへ署名して、一通は君が持って行き給え」

社長も署名してこれで夢のような話の契約が成立する。が社長は何か思い当る節でもあるのか？立って大きな硝子《ガラス》戸棚の前へいって、中から古い帳簿を抜いて調べている。出ていないと見えて、亦一、二冊抜き取って、頁をめくっている。やっと思う個処が出たと見えて眼鏡をかけて見ている。

「フウム……一九一七年の二月八日《フェブラリイエイス》……ほう大分以前だな……フウム、……給料《サラリー》三十七円の日割七日分八円と六十一銭……退職手当《リタヤメントアロワンス》七百円……但し懲戒免職者に付、此の分アンドレー・モーリエル個人支出……」

と読んでいる。

「何んだ、七百円わしは出しとるじゃないか《バットアイゲヴユウセヴンハンドレドエン》！」

「い、え、私は貰いませんでした」

「一文も《ナットアセント》かね？」

「あの部長はビタ一文くれませんでした。ＭＩＳＳ・クレールが百円下さいました。それでやっと命を繋いで来たのです」

「それは知らん……ジョーゼットのことは知らん、初耳だ……が、あれはそういう娘だった……フウム……わしのポケットから出させながら、そうか……君には一文もくれなかったか」

と社長は考えている。

なるほど、あの時あの男が、文句があったら会計へネジ込め！　と踏ん反り返ったわけであった。社長のポケットから、出ている以上そしてその社長が神戸へいって不在である以上、会社内で誰れ一人知るものはないわけであった。会計へいったら懲戒免職者には社規によって、退職金は出ないと突っ撥ねられる位が、落ちであったろう。そこをあの男は狙っていたのだ！……だから文句があったら、会計へいって聞き給えといってるじゃないかと吐《ぬか》した。

人を舐《な》めたことばかりいわずに、さっさと帰り給え！……僕も随分血も涙も多い男だ、秘密も守れるつもりだが……時に君は何か日本にいられぬことでも、しているのかね？

バカ野郎！　何が血も涙も多い人間だ！　旨いことを並べて社長に金を出させてその僅か七百円ばかりの金さえも間へ入って着服してしまうとは！　コセ〳〵したとも腸《はらわた》が小《ち》ッポケとも何ともかともいおうようのない、蛆虫《うじむし》みたいな存在であった。

あの時その七百円の金さえあったらどんなに大手を振って、私は上海《シャンハイ》へ行くことが出来ただろう。それが出来なかったばっかりに、淋病屋で酷《こ》き使われたり、割烹旅館で芸妓《げいしゃ》の背中をコスッタリ、洋食屋の出前持ちをしたり、救世軍で南京虫に食われたり、挙苦の果ては薄汚ない皮膚病迄患って、人生のどん底の難行苦行をイヤという程、味わわせられたのであった。私は今更のように血の涙の憎悪を、あの部長に沸きたぎらせた。

が、その憎悪すべき男のお蔭で上海へ行くことが出来なかったばっかりに、私はモーリエル商会の医料器械の仕入代理人《パーチェシング・エゼント》としてこの幸福を掴んだのであった。若しあの時上海へ行ったとしても、私には月に千五百円なり三千円なりの収入にあり付くことは、絶対に出来なかったであろう。最も仕合せにいったとしても、今頃精々二百円か三百円位の収入にでもあり付いてる位が、関の山であったろう。と、思えばあの時上海へ行けたことが幸福だったのか、行けぬことが仕合せだったかはわからなくなって来る。

たゞ一つわかっていることは、こんな立派な主人を持って社長は訴えなかったが、しかしあんな屑みたいな男は、いずれは誰かに訴えられて鉄窓に呻吟する位が、落ちであろうということであった。することがあんまり小ッポケで、コセ〳〵して汚なくて、男らしい潔さというものが、微塵だにもないからである。が、私はもうそんなことは口に出さなかった。人間の屑見たいなあんな男のことなぞ、もうどうでもいゝからである。それよりもそういう経緯《いきさつ》を充分聞いていながら、何んにもいわずに金を本の間に挾めてくれたクレール嬢の尊さが、一層犇《ひ》し〳〵と心を打って来る。相手が社長でなかったら私はその人の胸へ顔を埋めてすゝり上げたくなって来た。

「社長……」

と堪らなくなって到頭私は泣き声を出した。

「今迄はあの部長と一緒に多少社長のことも怨んでいましたが、今日お眼にかゝって……夢のようなお話を伺って……何んとお礼をいっていゝかわからない気持です。しかし有難く思えば思うほど、それはみんなクレールさんのお蔭だったような気がします。今日帰ったら必死で……必死で……私には英語の手紙は旨く書けませんが、必死でクレールさんの御主人に、弔辞を書いて出すつもりです。住所を教えて下さいませんか？」

「あれもさぞ君の親切を喜ぶだろう。……しかし、出してくれるなら、寧ろわしの兄と嫂《あによめ》の方がいい。独り娘を失って悲しんでいるのだから……」

そして社長は、クレール嬢の主人の代りにＭＲ＆ＭＲＳ《ミスタ・アンド・ミセス》・アルフォンズ・Ｆ・クレールと住所を教えてくれたのであった。やがて社長と別れて、出て来ると待ち兼ねたように昔の同僚達が五六人、

「橘君、橘君！」

と飛び出して来た。

「あれからどうしてたんだい？　今日は一体社長と、何があったんだい」

「君がどうしてるか、一遍訪ねて行こうと思ってたんだが……どうしても暇がなくてね……」

「久し振りだ、ゆっくりして行かないか、一寸その辺でお茶でも飲もうよ……」

人が落目の時は洟《はな》も引っかけずにいて、一寸目が出たようだと見れば掌《てのひら》返すようにすぐチヤホヤする。口々に喋べり立てるのに任せて私は無言で歩き出した。いくら虫酸の走るような奴だと思っても、これから代理人《エゼント》として亦チョク〳〵出入りしなければならぬモーリエル商会の昔の同僚達を、そう小《こ》っ酷《ぴど》く呶鳴り付けるわけにも行かず、さりとてこんな軽薄な人間共とは、口を利く気にもなれぬ。仕方がない、私は前科者である、貴方がたとは問答することすら恐れ多いとばかりに無言で歩き出す位が、私の彼等に対する、せめてもの軽蔑であり反抗《レジスタンス》だったのである。

そして心の中ではまったく別のことを考えていた。仏壇もなければお線香立てもないけれど、今

日は帰りにこれから線香を買って三人の人の冥福を祈ろうと考えていた。一人は勿論クレール嬢であるが、もう一人は九〇七号、それと私が教えることが出来なかったばっかりに無残々々《むざ〱》と九〇七号に殺されて、私も一生寝醒めの悪い思いをしなければならぬ、しの、めの主人品田友吉氏とであった。

殊に九〇七号に対しては腹一杯に、いいたいことがある。あの時は俺も自暴《やけ》クソ半分になっていたから貴方《あんた》を引留めることが出来なかったがやっぱり悪いことをせずに誠実に働きさえすれば、いくら前科者でも世の中は必らず受け容れてくれるということが、やっと今日ハッキリ俺にもわかったよ。あの時それがわかってさえいたら、俺も極力貴方を思い止まらせて……そうすればあの料理屋のオヤジだって死なくてよかったのに、残念なことをしたなア！　と呼びかけたいような気がしていたのであった。が、そう思っても、九〇七号を嘲けったり憎んだりする気は少しも起らない。

たゞ今日は楽しい日だ俺の身が立った日だと、いくら自分を励まして見てもサッパリ気が引き立たず、暗い気持にばかり襲われていたのであった。

長い物語をこれで終ります。だから前科者諸君に祈る。詮方尽くれども決して望みを失ってはいけません。では、さようなら。

本書を読むために

野崎六助

ここにあるのは、きわめつきの不幸な作品である。

さる文豪の言葉をかりれば——幸福な作品はどれも似通っていて面白さもほどほどだが、不幸を背負った作品はそれぞれの不幸におうじて、じつにさまざまな陰翳を帯びている。そこらの行儀のよい名作など、束になっても太刀打ちできない豊かさが、不幸な作品にはねむっている。

本書『私は前科者である』は、最高に不幸な作品である。「である」を三度くりかえしても足らない。それほど不幸な作品なのである。

何よりタイトル。最初から開き直ったのではない。作者は『ささやかなる愛』としたかったらしい。笑ってはいけない。作者は大真面目に、この告解の書に、一種の宗教的な感情をそそぎこもうとした。「希望を捨てるな、前科者諸君」という演説口調が、冒頭と締め括りに出てくる。こうした真情を疑うのは失礼だ。だが、まともに取るのも、この作者相手では気をつけたほうがいい。

けれども、作者の真意を穿鑿するとかいった面倒は後まわしにして、まずは、この不幸な自伝小説の沿革をおさえておこう。この本にどっさり詰まっているのは、笑いでも涙でもなく、教訓だ。「前科者」にたいする訴えだ。作者は必ずしも、悔い改めよとはいっていないが、二度と途を誤って監獄にもどってはならないと力説している。これが第一。

しかし不幸なことに、世間は、読者は、そのとおりに受け取ってはくれなかった。人びとの好奇心は、「あの橘外男にはそんな過去があったのか」という興味に向けられる。本は売れた。映画化もされた。だが、作者はかぎりなく不満であった。

そのあたりの繰り言は、本書の次の自伝的作品（そして、絶筆ともなった）『ある小説家の思い出』のなかにめんめんと綴られている。橘の文体はだいたい冗舌であり、自慢話にはいいが、自己弁護をはじめるとだらんと間延びしただけの代物になる。自伝小説としては、本書にあつかわれた時期の前後にわたっているので、増補版とでもいえる体裁だ。作品的にみると部分的な濃淡がいちじるしく、とくに本書の刊行によってこうむった受難（作者の主観では、受難となる）について筆が向くと、トーンががくりと落ちる。橘の面目躍如とはいいがたい長編だ。したが

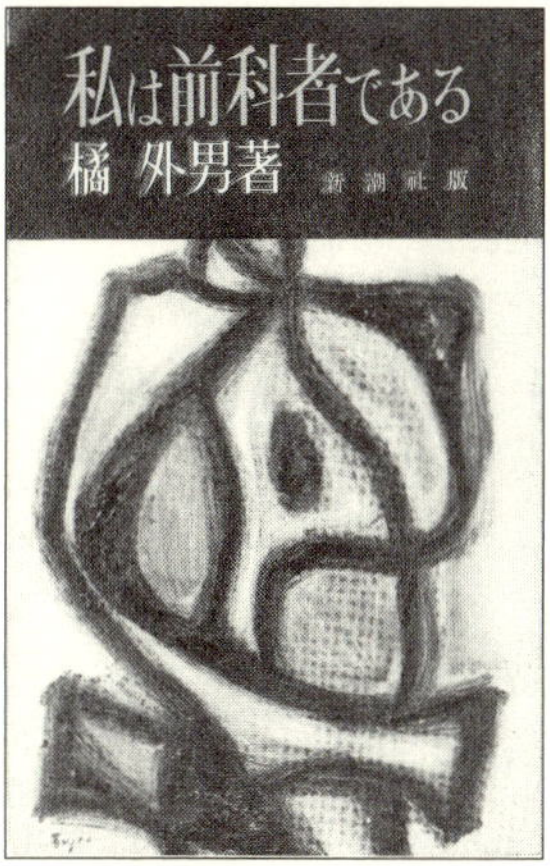

『私は前科者である』新潮社、1955年刊

って、彼の白鳥の歌になったのは、本書『私は前科者である』である。

しかし本書は一定の期間をすぎてしまうと顧みられなくなる。タイトルが祟ったとは、作者の尽きないぼやきだ。それが当たっているのかどうかはさておき、再刊の機会から遠ざけられつづけた。〈世間の壁〉は、前科者に冷たいように、前科を告白した作者の真情にたいしても冷たかった。

由来、五十年をこえ、『私は前科者である』は埋もれつづけた。そろそろ掘り起こされてきてもいい頃合いなのだ。


作者の作品歴について簡単にみておこう。

橘外男（一八九四～五九）のデビュー作は、いちおう「酒場ルーレット紛擾記《トラブル》」（三六・五）。これは雑誌の実話原稿募集に当選したもの。「実話作家」という肩書きで売り出した。いちおうとしたのは、これ以前に刊行された長編が数冊あるからだ。これらは習作あつかいで、注目されることは少ない。

一方で、日本的怪談の傑作短編をいくつか『新青年』誌に発表している。今日では、この系列の異色作家とみなされることが一般的だろう。デビュー時期から明らかなように、本格探偵小説の時代は去りつつあった。橘は、時局をうまく背景にとりこんだ「ナリン殿下への回想」（三八・二）で直木賞を受賞する。才筆であった。いわゆる「探偵小説の空白の時期」を、小栗虫太郎、久生十蘭、海野十三などとともに支えた。活動は戦後にもまたがるが、戦前の〈異端作家〉の一員といったイメージが強い。

　こうした異端趣味の一人として復活したのが、六〇年代末という特別の時代において。この時点でも、刊行されたのは桃源社の『青白き裸女群像』一点きりだった。六〇年代前半の東都書房版日本推理小説体系十六巻には、短編も収められていない（わたし個人の記憶では、この東都書房版に頼ることが多かったので、この選択には、けっこう左右された）。夢野久作や久生や虫太郎といった異端の頂点とは明らかに分別されていたのだ。

　なぜそうなったかは、『青白き裸女群像』に付された澁澤龍彦の解説文が端的に述べているとおりだろう。「小説の品格、文章のきめ細かさ、スタイルの厳格さ、どれをとっても一段劣る」と。異端でも二流、第二走者とみなされた。二流ながら、確実に復活を遂げた国枝史郎のような毒々しいバロック趣味にも欠けていた。

　復活の一環として、六九年、週刊雑誌『少年マガジン』に「女豹の博士」と『ウニデス潮流の彼方』を原作とする漫画が掲載された。同じ雑誌には、「小栗虫太郎の世界大魔境」と銘打って、カラーイラスト特集が巻頭を飾っ

『ナリン殿下への回想』
現代教養文庫、1977年刊

たこともある。ある時代の混沌のなかに、少年漫画誌と異端作家とが同じ不逞の夢を夢見る——そんなエコーが存在していた。だが、これらだけでは橘のほんの一側面にすぎない。

まとまった復活は少し遅れて、七〇年代のなかばに、現代教養文庫版の三巻選集として、実現した。編者の中島河太郎は、解説で復刻の遅れたことを嘆いている。同文庫からは、久作、十蘭、虫太郎を筆頭として、一人三人の牧逸馬・林不忘・谷譲次に加え、戦後派の山田風太郎、香山滋の諸作品が刊行されていた。もう一点、広論社の新書版探偵怪奇小説選集に橘外男集の一巻がある。

他には、二種の文学選集に、久作・十蘭とセットの一巻になった。収録作はどちらも、「ナリン殿下への回想」と「酒場ルーレット紛擾記」。その他、雑誌『新青年』のアンソロジーに「厨子物語」などの古典的怪談が収められた。

これらはだいたい、七〇年代のなかばに出揃い、異端・異色作家としての認知はひろくいきわたったようだ。加えて、『ある小説家の思い出』など数点が文庫化された。

再評価への環境はかなり整ったわけだが、まだ充分ではなかった。山下武編集による

『少年マガジン』1969年

『橘外男ワンダーランド』六巻（中央書院）が刊行され、ようやくこの怪異な作家の全容に近いものが読めるようになったのは、十年ほど前。また、山下による「「怪作家」橘外男のグリンプス」（『「新青年」をめぐる作家たち』九六・五　筑摩書房　所収）が、いくらかの伝記的事実に迫っている。近くは、『怪奇探偵小説名作選5　橘外男集』（〇二・六　ちくま文庫）がある。また、最近出た『陰獣トリステサ』（河出書房）は、桃源社版『青白き裸女群像』と同一内容である。

　ざっと、こんなところが、作者の死後もつづく流通模様だ。いわゆる通俗作家としては良好なほうだろう。全体として、まったく忘れ去られた作家ではない。

　山下武は前記の作家論で、橘作品を十二のカテゴリに分けている。――純愛物語、自伝小説、幻想的伝奇小説、怪奇・残酷小説、人外魔境物、日本的怪談、探偵小説・スパイ物、ユーモア小説、満洲物、少年少女小説、SF小説、その他、である。細かい異論はともかく、これを参考項目として掲げておく。こうしてみると、異端の一員としての仕事は、橘の半面にすぎなかったようだ。多彩な作風を書き分けたが、探偵小説の本流には立ちえなかったわけだ。書き分けたといっても、器用なのではなく、サービス精神のたまものである。同時期に活躍した

『棺前結婚』広論社、1975年刊

久生と比べれば、泥臭いともいえるアクの強さがある。

橋の自伝的小説二点『私は前科者である』『ある小説家の思い出』は、大衆作家としての頂点の後にきた、晩年の作品だといえる。作家はなぜ自伝などを書くのだろうか——。この不条理な問いは、やはり橋の二作品にも見え隠れしてしている。のみならず、その屈折の激しさは一筋縄では片づかない。もともと「実話作家」としてデビューした橋は、読み物ネタなら豊富に持っていたはずだ。こうしたスタート条件は、谷譲次や久生十蘭とも共通する。谷や久生の外国体験にあたるものが、『私は前科者である』に描かれた内容だった。けれども、もちろん、刑務所体験は外国放浪体験とは同列に語りえる事柄ではない。橋は、〈前科〉を〈売り物〉にしてデビューしたのではなかった。その〈告白〉は、通俗作家としての活動が一サイクル終えた後に来ている。

この作品において初めて〈前科〉を〈告白〉したといわれる。その反響は彼の予測したものとかなり異なっていたようだ。橋はどんな反響を望んでいたのか。真意をつかみ出してくるのは難しい。

告白を書かないで済ませる選択もありえた。橋のような作家にとって、己れの規格にあてはまらない半生の体験などは、それとわからぬほどのデフォルメをほどこして、作品中の部分的エピソードとして活用するほうが、ずっと性に合っていたはずだ。作者と主人公の区別がつかないようなストレートな〈実話〉ほど、彼にとって野暮なものはなかったにちがいない。

作家はだれしも、書かねばならぬ作品、書かずにはその生をまっとうできない白鳥の歌をひそかに抱いている。橘にとって、『私は前科者である』がその位置にあることは当然なのだが、といって、単純にそう断定するのみで済まないところに、この作品の不幸がある。

晩年の作品ではあっても、ある種の大悟にみちびかれて彼が『私は前科者である』を書いたとは、とても思えない。このことは、彼が大通俗作家であった事実（この作品の後にも、「貴婦人とゴリラ」とか「肉塊と獣人と王弟殿下」などといったタイトルの作品が生産されている）とは関係ない。若き日の苛烈な体験を語るために、熟成の時を数十年要したといった重たげな性格は、この作品にはない。だからといって軽くもない。小説に描かれた事柄の多くを、作者はたぶん忘れ去ろうとつとめたのだろう。しかし回顧する筆致は、まるでつい昨日のことを語るかのように鮮烈だ。四十年近くたっても記憶は少しも薄まっていない。かくも決定的な原体験。しかし、積年の題材をようやく吐き尽くす機会を得たといった、ごく一般的なカタルシスとも、本書は無縁なのだ。〈告白〉による心の平安を、彼が手にしたのかといえば、答えは否だ。彼は自らの〈真実〉に必ずしも得心していない。

山下武は『橘外男ワンダーランド　怪談・怪奇篇』の解説で、橘の怪談趣味が彼の刑務所体験の過酷さに発している、という解釈をくだしている。これは、「なるほど」と思わせる読みこみだ。山下の文献的研究には敬意を表したいが、ただ、わたしは、ここに、別の観点をつけ加えてみたい。

山下が論拠としているのは、『ある小説家の思い出』十一章に語られる未決監房の体験だ。極寒の北海道監獄での最初の一夜、それが橘独特の粘着質の文体によって増幅されて語られる。その恐怖によって、橘は霊魂の存在を信じるにいたった、という。

作者の回顧を一字一句そのまま信じるなら、山下のこの解釈は妥当だ。しかしこれは、何やら、将来あらわれるかもしれない未知の伝記作者に向かって、橘が投げた「おいしい餌」のような気がしないでもない。文体は一種の本能的な演技をまとっている。橘はそう解釈されることを熱烈に願っていたのだ、おそらく。《話が一度過去の青春時代の経歴におよぶと絶対、本当のことを言わない彼のことだけに、俄に信用しかねる。話半分と聞いても、その半分にどれだけの真実があるかはすこぶる疑わしい。それほどこの人は青春時代の過去に煙幕を張りまくって、〝前科者〟であることを告白した後もなお本当のことは十に二つも言わぬまま……》と嘆いているのは、伝記作者の山下自身なのだ。

わたしは、橘が嘘つきだったといっているのではない。何を語るにしろ、戯作と脚色を加えずにはおられないタイプの人がいる。彼は真実を語っている。それは彼独特のフィルターをとおして語られるので、一般的な真実とかけ離れていることもあるが、それ以外に彼の〈真実〉がありえないことも確かなのだ。『ある小説家の思い出』は最初の告白ではない。『私は前科者である』に次ぐ二度目の告白だ。その意味で、戯作も脚色もいっそう手馴れた細工になっている。いったん明らかにしてしまった刑務所体験を、彼は、もう〈隠す〉必要がない。だから語るなら、少しでも読者を楽しませるように描かねばならん、と。ふたつの作品の文体の背後にある緊張度の落差ははっきりしている。『私は前科者である』は一回かぎりの冒険だったが、『ある小説家の思い出』は、読者の反応をあるていど計算しつつ構成されている。

その意味で、『ある小説家の思い出』は、『私は前科者である』の注釈としては便利な資料だと思える。『私は前科者である』の反響について、作者がいだいた憤懣は、かなり率直にストレートに記されている。その反響は彼の予想したものとはまるで違っていたのだろう。だから憤懣やる方なかった。橘特有の真偽さだかでないエピソードをとおしてだから、率直とはいいかねるが……。

記されているのは、『私は前科者である』への三層の反応への反撥だ。一は、家族の反応。二は、一般社会の反応。読者一般という意味より広い。本の新聞広告を見て「橘という三文作家は前科者だった」と好奇心にとらわれるだけの層もふくむ。三は、これはまさに橘の性格の厄介なところなのだが、作者自身として出来映えに満足できなかった。悶々とするしかない。

いずれにしろ『ある小説家の思い出』の末尾は、『私は前科者である』への否定的エピソードで固められている。タイトルのこともそこに記されていた。妻には失望され、子供は前科者の子弟だというのでイジメにあった。家には読者と称する前科者がひっきりなしに訪ねてきて当座の小遣いをせびる。こうした場面の素になる被害に近いものはじっさいにあったのだろうが、小説からしみ出してくるのは、『私は前科者である』についての作者自身の飽き足らない感情だ。不当なことに、だれも褒める者がいなかったから、彼の自作への矜持も崩れ去ったのだろう。

橘の〈伝記的事実〉は、『ある小説家の思い出』から決定的イメージをとられている。露悪的な自画像である。だが露悪は彼にとって大きな自己肯定なのだ。軍人の家系に生まれた異質な人間。そこからドロップアウトするのは彼の誇りでもあった。父や兄や義兄に体現される軍国主義への反抗と侮蔑は、戦後においてやっと公言できるようになるが、そこから少なくとも戦後十五年までの世界にあっては主流を占める感情と思考だったろう。これが彼の〈真実〉だ。この一面においてなら、屈折は少ない。未来の〈伝記作者〉へのサービスは行き届いている。

参考までに、『ある小説家の思い出』の終章から、妻が作家の夫を責め立てる科白を引用してみる。

外の小説家はもっと美しいことを書いて、長閑に暮らしているのに、あなただけはどうしてこんな小説を書いて、まともな小説が書けないのでしょう。子供の手前も恥ずかしい……来る者、来る者、みんな前科者ばっかり……それ職を探してくれ、それ金を貸してくれ……うちはいつから免囚保護会を始めたんでしょう?

『週刊朝日』1956年３月11日号

仕上げに妻は、『私は前科者である』を絶版にせよ、と迫ってくる。一世一代の告白をものした挑戦作のひとつの結実がこれだった。文学的栄誉とはほど遠く、平穏な市民生活に災厄をもたらす害毒とみなされた。これは、文学を解さない悪妻へのトルストイ的な呪いの言葉なのか。あるいは、例によって、「十のうち本当のことは二つだけ」といったたぐいの誇張と解しておくべき話なのか。

ちなみに、『週刊朝日』（五六・三・一一）に「妻を語る」というグラビア記事があって、作家は、夫婦喧嘩の歴戦の仇敵を慈しむかのような屈折した短文を寄せている。

結婚後十日目くらいからオッ始まって、角突き合いの連続である。両方わがままで始まるのだから、針で突いたようなことから、明日にでも別れるような勢いで悲憤コウガイし、仲直りするともなく、いつのまにかイブクッテ……かと思うと、またぞろヤラカシ、結婚三十年、角突き合いのし通しである。

なりわいのかたわらケンカしてるんではなくて、ケンカのかたわらなりわいの道を講じているようなものであるが、このごろは古道具みたいなコツコツじいとブクブク婆になってしまったから、やっとどっかの国みたいに、不気味な平和をよそおっている。

このように高度な逆説を駆使して偕老同穴ぶりを示す人もいるのだが、それはさておき、というより、このエッセイは時期的にみて、妻による『私は前科者である』への理不尽な攻撃を受けつつあった頃のものだったと推定される。ここにあるのは、敵への反撃と懐柔策の二面性だ。橘は、外交のイロハともいうべき手管を、注文原稿にそのまま流用したのである。

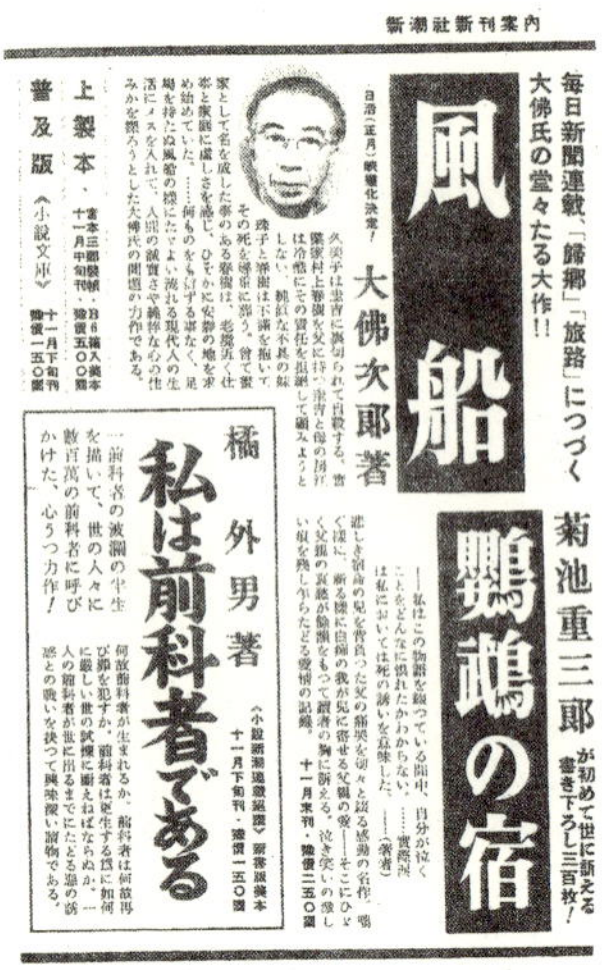

だが、肝心の『私は前科者である』に関しては、〈冷戦状況〉は解除されなかった。橘の作品のうち最も重要であるにもかかわらず、『私は前科者である』は、ずっと絶版のままだった。再評価の対象からも外れつづけた。
少なくとも本書の不評に関しては——橘は〈真

実〉を語っている。

《橘外男、よく書いた！　お前はヘボ小説家で日本一の小説家だぞ！　と自分に礼をいいたいような気がして来た》とは、『ある小説家の思い出』末尾近くの一節。これは、彼の急逝後、絶筆の遺稿として雑誌に掲載された（『小説新潮』五九・一二）。死後、「昇天した怪奇作家　最初にして最後の異色作家・橘外男の死」という記事が『週刊文春』（五九・七・二〇）に載る。この無署名記事の筆者は無名時代の梶山季之だと推測されるが、確認はできなかった。

初刊本カバー袖の著者の言葉――《これを処女作としてもう一度、新規蒔き直しの人生に入りたいと思ひます。》は、たぶん八割がたは彼の本音だと思える。だが、これが橘独特のその場かぎりのアクの強いポーズとみなされる確率もまた八割をこえるだろう。

今回の復刻テキストには単行本を使用したが、初出雑誌も必要におうじて参照した。雑誌の構成を記しておく。

第一回は、『小説新潮』一九五五年九月号。２７０から２９１ページ。単行本の一章から五章に

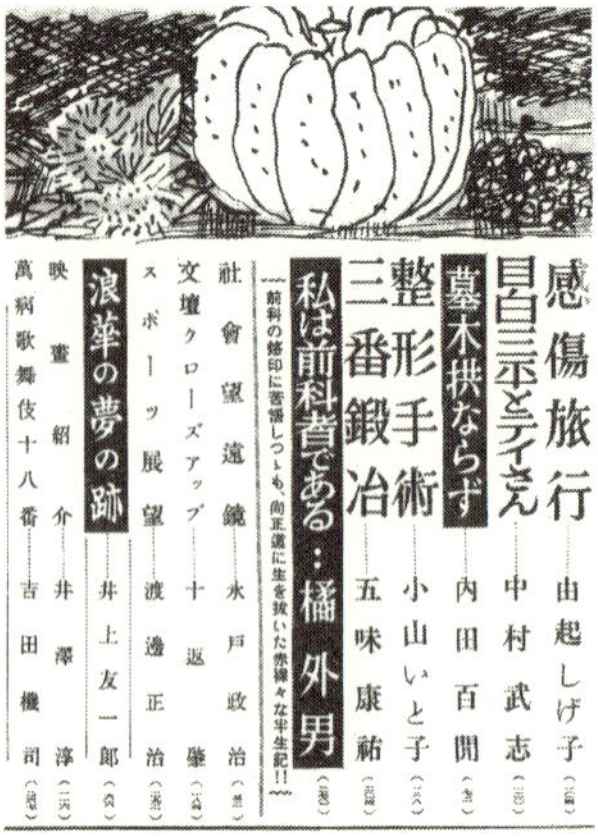
感傷旅行……由起しげ子
昌三とテイえ……中村武志
墓木拱ならず……内田百閒
整形手術……小山いと子
三番鍛冶……五味康祐
私は前科者である：橘外男
――前科の烙印に苦悩しつゝも、尚正義に生き抜いた赤裸々な半生記!!――
社會望遠鏡……水戸政治
文壇クローズアップ……十返肇
スポーツ展望……渡邊正治
浪華の夢の跡……井上友一郎
映畫紹介……井澤淳
萬病歌舞伎十八番……吉田機司

『小説新潮』1955年９月号目次

あたる。末尾に「次号完結」とある。

第二回は、同誌の一月おいて、一九五五年一一月号。２５８から２８７ページ。単行本の六から十三章にあたる。末尾に「次号完結　完結篇が予定より長くなった為二回に分載します。御諒承を乞います」の編集部但し書き。

第三回は、同誌一九五五年一二月号。２６６から２８８ページ。単行本の十四章から十九章にあたる。この回のみ、タイトル下に（三）とついた。末尾に「日活映画化決定」と付記されている。

雑誌発表から単行本化まで日をおいていないので、両者の異同はほとんどない。段落改行を増やして、読みやすい体裁になっている。以下、目立った変更箇所のみを簡略に記しておく。

加筆は二箇所。六章（雑誌では第二回の一）の書き出し部分、《これでは勿論、上海《シャンハイ》へ行けよう筈がない》の一行が加えられた。

もう一点は、十九章。クレール嬢の死を知らされた主人公の衝撃。《知らなかった、知らなかった、夢にも知らなかった！》の一節は、初出にはない。

用語の書き直しは、三箇所。いずれも大きな改変ではない。31ページ14行。《身の程知らぬ不必要な劣等感》は、初出では、《身の程知らぬ贅沢な劣等感》となっている。85ページ2行。刑務所所長が訓戒のさい、囚人たちを《その方共》と呼び下す。何箇所かあるが、初出では《手前共《てまえども》》となっている。143ページ3行。《救世軍なぞの世話になって堪るものか！》は、初出では、《救世軍なぞの世話になつたであろう》となっている。

また、170ページ17行、MRモーリエルが姪の死を告げるところ。《亡った》に、初出では《ハズ　ダイド》とルビがふられている。意図しての変更だったのか、それとも、単純ミスによる脱落なのか、判断はつかない。念のために注記しておく。その他モーリエル氏との会話部分では、ルビにいくつかの変更があるが、いずれも細かい改定にとどまる。

私は前科者である
橘外男
向井潤吉畫
まえがき

初出誌『小説新潮』（1955年９月号）冒頭頁

自伝としての『私は前科者である』の基調は、第一に転落であり、次に、そこからの更生と上昇である。この点は、まったく疑いない。軍国日本のエリート家系から離脱する以外に彼の前半生はなかった。しかしそのひとつの帰結が服役であり、その後の、ある意味では監獄より苛酷な出獄後の労働体験だった。極端から極端へ。一人の人間に負わされるには複雑すぎる内実である。橘の「伝記作者泣かせ」の性癖はここから発していると思われる。

自分自身ですら自分を把握しかねている。だからその都度、行き当たりばったりに、〈自伝〉的エピソードの断片をこしらえては、読者サービスに努めることになる。彼は嘘を語ってはいない。ただ真実を語るすべにたどり着けないだけだ。

しかし、橘の告白の実存主義的側面にこだわっても、得るところは少ない。『私は前科者である』という作品の色褪せない価値は、別の次元にある。それは、彼の労働体験のドキュメンタルな描出だ。そこにこそ、今日、作者の存在を超えて、この作品が読み返される大きな意味がある。

橘は最底辺の労働現場をよく見ている。見ているというより、肉体をもって体験したことを文章によく再現している。それと同時に、彼のもうひとつの複眼がつねにはたらいていて、つねに「自分はこんな下賤の者ら」と共にいるような人物ではない、という意識で己れを武装している。下層の者らが互いに差別を投げつけ合うといった見慣れた構図ではなく、橘は、自分がエリートの家系（その出来そこないだが、一員には違いない）だという意識を鎧のようにまとっている。——これは、本書が読まれるさいに、片隅に、ぜひとも留意していただきたい事柄だ。

ある種の読者には、こうした作者の歪な選良意識がとてつもない不快感を与えるかもしれない。わたしは、あえて、この点において、作者を擁護しようと思わないが、本書には作者を超えた作品的価値がある、とは強調しておきたい。たんなる探訪記者のドキュメントであれば、もっとよそよそしい作品になったろう。

『私は前科者である』というタイトルをだれよりも欲したのは、他ならぬ作者自身だったと思う。その屈折と振幅の深さを、彼は作品に定着することはできなかったが……。テキ屋の呼びこみの口上と同じだ。通俗読物作家が最後に、自分を、自分の過去の秘匿してきた体験を切り売りのネタにした。もちろん彼がそうした裏舞台を率直に認めるはずもない。認めれば橘の〈真実〉はその瞬間に崩壊する。本書には、ただそれだけのいかがわしく低劣な一面もある。毒にも薬にもなるから、効能的には厄介な作品だ。

もう一度いう。これは不幸な作品である。

作者自身によって誤解されている。誤解されていること自体は珍しい症例ではないにしても、これほどの屈折が作者と作品のあいだを深く傷つけているケースはなかなか見当たらない。

この小説の主人公は劣悪な労働現場を転々とする。金はなく、家もなく、着るものもしだいに薄汚れ、飢餓にさいなまれ、いつも前科がばれることに怯えている。最低の生活すら維持できないのだから、青年らしく異性への欲求に時を忘れる余裕もない。ただ動物のように日々を過ごす繰り返しだ。

割烹屋の三助、洋食の出前持ち、救世軍の無料宿泊所に泊まって植木屋の臨時人夫。あちらこちらの職業紹介所をわたり歩き、そしてはては、無銭飲食……。《あるともあるとも。辛抱さえすりゃ働く処なんざ、いっくらでもある》と請け合う周旋屋。舞台は次つぎとまわっていく。橘が再現してみせた底辺の現状は、作者の意図をはるかに超えて生命を保っている。

この作品には、時代状況の反映がごく少ない。伝記的事実を引けば、服役後、上京した橘は二十二歳だったというから、『私は前科者である』に描かれた時代は、一九一六年から一七年ごろ。でありながら、大正デモクラシーなどといった大状況はまったく視野に入ってきていない。べつに意図して切り捨てたわけでなく、橘の作法なのだが、かえって小説に、いつの時代にも起こりうる話だという強固なリアリティを与えているようだ。

さよう、一九一〇年代の橘青年をおそった窮状は、およそ百年を経た現代日本の若者にふりかかっている惨状と、ほとんど変わりはしないのだ。彼は最底辺を這いまわり、流浪する、未組織のエゴイスティックな若い労働者だ。社会が彼に与える代価は百年の昔と同様らしい。『私は前科者である』が切り裂いた風景の無残さは、現代風に「プレカリアート文学」と呼んでもぴったりくるものだ。

作者がそんな質量を想像しなかったとしても、この作品の不思議な潜在力は今日、そのように受け止められるにちがいない。

流動的労働現場はつねに流動的だ。雇用は不安定、労働は苛酷で、人の出入りは激しい。プロレタリアートは朝に雇用され、夕べに解雇される。労働力は使い捨てが基本。彼が人間存在として己れの個体を再生産する権利は何も保障されていない。

流動的労働現場が流動的だというのは、閉ざされた底辺にかぎって流れ漂っているにすぎない。この世間は狭い。吹き寄せられた最底辺で流動しているだけで、上にあがる途はほとんど断ち切られている。人間だけが、労働力だけが流れ漂う。そして損耗していく。社会構造は不動だ。不安定な雇用層を絶対に必要とし、その流動性と消耗性に支えられて成立する資本主義システムは、百年の後も変わらず健在なのだ。

『私は前科者である』の主人公は、その現場にいた。堕ちた。いるべきでない場処に堕ちたにしろ、またそのことで彼がどんな見当外れの呪詛自嘲絶望を吐き出しているにしろ、そこにいたのだ。自らの肉体と労働と消耗とを切り売りすることをとおして贖ったのだ。

『私は前科者である』は、橘外男の最高傑作である。と同時に、最高に不幸な作品である。「である」を三連発しても、この点は声を大にしていわねばならない。

封印を解き、不幸である作品を〈不幸であった作品〉とする機会が、いま訪れている。封印を解くのは、これを読んでいるあなただ。

橘　外男（たちばなそとお）

1936年石川県生まれ

1936年「酒場ルーレット紛擾記」で文芸春秋の実話募集に入選

1938年「ナリン殿下への回想」で第７回直木賞受賞

1959年７月９日没

著書に『妖花イレーネ』『コンスタンチノープル』『妖花 ユウゼニカ物語』『青白き裸女群像』『ある小説家の思い出』『ある死刑囚の手記』等多数。

『橘外男ワンダーランド』全６巻、山下武編、中央書院　1994年

野崎六助（のざきろくすけ）

1947年東京生まれ　作家、評論家

1992年『北米探偵小説論』で日本推理作家協会賞受賞

著書に『復員文学論』『夕焼け探偵帖』『物語の国境は越えられるか』『煉獄回廊』『魂と罪責』『捕物帖の百年』『日本探偵小説論』等多数。

私は前科者である

2010年11月15日　第１刷発行

著　者　橘　外　男

解　説　野崎　六助

発行人　深田　　卓

装幀者　藤原　邦久

発　行　㈱インパクト出版会

〒113-0033　東京都文京区本郷2-5-11　服部ビル2F

Tel 03-3818-7576　Fax 03-3818-8676

E-mail：impact@jca.apc.org

http:www.jca.apc.org/~impact/

郵便振替　00110-9-83148

印刷・製本　モリモト印刷